AF206515

Martin Schmid

Wechselwetter

Roman

© 2019 Martin Schmid
Herstellung und Verlag:
BoD-Books on Demand Norderstedt

ISBN 9 783 749 4499898

Werner saß an seinem Schreibtisch und trommelte nervös mit den Fingerspitzen irgendeinen Rhythmus, während draußen ein ungemütlicher Wind den April-Regen jagte und er noch einmal das Computer-sheet, das er in Händen hielt, überflog. Er hatte dort die Zahlen des ersten Quartals 1984 aufgelistet.

Obwohl sich seit Jahren alle drei Monate das gleiche Ritual vollzog, kam er immer wieder ins Grübeln, wenn er auf die Zahlenkolonnen schaute, die nun, auf einem DINA4 Blatt zusammengefasst, die gesamte Leistung eines Vierteljahres der 1.384 Mitarbeiter seines Unternehmens widerspiegelte.

Der Vorgang erinnerte ihn immer wieder an das Ende seiner Schulzeit, als es darum ging, einen Studienplatz zu finden. In den Fächern, die mit einem numerus clausus belegt waren, ergab sich die Zulassungsberechtigung aus einer Durchschnittsnote, die aus allen Noten des Reifezeugnisses gebildet wurde. Dreizehn Jahre mehr oder weniger große Anstrengungen, Reifeprozesse, Höhen und Tiefen in der Motivation, gute und schlechte Erfahrungen mit Lehrern und Mitschülern, Ergebnisse großen Fleißes oder großer Begabungen, Ablenkungen, Selbstzweifeln, Hoffnungen und Enttäuschungen, alles wurde reduziert auf die Aussage „Eins Komma Acht" oder

„Drei Komma Null" oder eine andere Zahl mit einer Stelle hinter dem Komma. Genau so erschien ihm jetzt der Ausdruck seines MIS, des Management-Informations-Systems.

Er stellte sich vor, was sich wohl jemand denken mochte, der in ferner Zukunft, wenn er und sein Unternehmen schon lange nicht mehr existierten, so ein Blatt Papier finden würde. Könnte er wohl noch verstehen, was da mit den abgekürzten Spaltenüberschriften Ist – Plan – Abw. - abs. - % - gemeint ist? Aber selbst wenn er die Semantik noch würde lesen können, die Bedeutung des Ganzen würde sich ihm sicherlich nicht so einfach erschließen. Denn es handelte sich ja im Wesentlichen um die Zusammenfassung all des Handelns und aller Entscheidungen, des Unternehmens und aller seiner Mitarbeiter im zurückliegenden Vierteljahr und damit auch implizit all dessen, was man nicht gewagt hatte zu entscheiden, obwohl vieles auf eine Entscheidung gedrängt hätte.

Natürlich kannte er die Schwachstellen einer solchen Darstellung, er wusste, wo er in seinen Erläuterungen die Dinge geschönt und was er nur kryptisch angedeutet hatte, um später sagen zu können:
„Ich habe in meinem Bericht vom soundsovielten schon darauf hingewiesen, dass..."

Die routinemäßigen Monats-Reports und der Forecast mussten positiv aussehen, dann ließen einen die Vorturner in der Konzernzentrale in Ruhe arbeiten. Im Quartalsbericht, den er in Händen hielt, gab es keine Widersprüche zu den Monatsberichten oder argumentative Stolperfallen, alles war geglättet so dass niemand unangenehme Fragen stellen konnte.

Ohne anzuklopfen kam seine Sekretärin, Maria Budweiser, herein. Sie hatte als einzige das Privileg, einfach sein Büro betreten zu dürfen. Von allen anderen verlangte er, sich im Vorzimmer anzumelden und, wenn dort niemand war, an seiner Tür anzuklopfen und auf sein „Herein!" zu warten.

Als er drei Jahre zuvor seine jetzige Stellung antrat, hatte ihm sein Vorgänger keine Sekretärin hinterlassen, sie war gleichzeitig mit diesem ausgeschieden. Deshalb überließ man es Werner, sich eine neue Kraft für das Vorzimmer zu holen. Für die Übergangszeit sollte erst einmal Maria für ihn arbeiten, die das für sein Unternehmen zuständige Mitglied des Konzern-Vorstands aus den vorhandenen Bürokaufleuten ausgesucht hatte. Im Vorgespräch charakterisierte der sie als „ordentliche Schreibkraft" und fügte hinzu „Leider haben wir zur Zeit kein besseres Material". Werner ließ sich nichts anmerken, war aber doch sehr irritiert, dass der so unverblümt einen Menschen als Material bezeichnete.

Maria setzte sich auf den Besucherstuhl vor dem Schreibtisch und legte ihm eine Mappe mit der heutigen Korrespondenz vor. Die Frau war ein Arbeitstier und verfügte über ein hervorragendes Talent, die Büroarbeiten zu organisieren, obwohl sie das eigentlich nicht gelernt hatte. Eine ihrer ersten Taten bei Werner, von der man sich fragte, warum noch kein anderer auf die Idee gekommen war, bestand zum Beispiel in der Anschaffung von Unterschrifts- und Korrespondenzmappen in verschiedenen Farben, so dass Werner jederzeit in der Lage war, zu sehen, „was anlag", wie er seine tägliche Agenda nannte. Auch an diesem Morgen sprachen sie den Tagesablauf durch, wobei Maria referierte: „Für 9:00 h hat sich der Konzern-Finanzvorstand zur Quartalsbesprechung angesagt. Der will gegen Mittag noch einen kleinen Imbiss einnehmen und dann wieder zurückfahren. Ab ca. 12:30 machen wir dann die Postbesprechung und um 14:00 wollen die Amis kommen." Das scheint ja ein ruhiger Tag zu werden, dachte Werner und machte sich an seinem neuen IBM-PC zu schaffen. Was die tägliche Korrespondenz anging, konnte er sich zu hundert Prozent auf seine Sekretärin verlassen. Bei den

Routinesachen genügten oft nur ein paar Stichworte und Maria machte die Briefe fertig.

Inzwischen hatte sich der Himmel etwas aufgehellt, nachdem der heftige Aprilschauer niedergegangen war. Ein böiger Wind, der die dicke Wolke vor sich hergetrieben hatte und große kalte Regentropfen und kleine Hagelkörner aus ihr herausfallen und gegen sein großes Fenster klatschen ließ, hatte sich verzogen. Er hatte zusätzlich zu den Deckenleuchten seine Schreibtischlampe eingeschaltet, so dass jetzt zusammen mit dem Tageslicht eine eigenartige, fast romantische Stimmung aufkam. Sie stand im deutlichen Kontrast zu der geschäftlich sachlichen Atmosphäre, in der Maria ihm die Briefe vorlegte. Sie waren fehlerfrei im richtigen Layout geschrieben. Auf das Schriftbild legte er besonderen Wert Er hatte ihr am ersten Tag nur einmal gesagt, wie er es haben wollte und sie teilte seitdem die Briefe so auf.

Er wollte ihr die Mappe mit einem kurzen Kopfnicken zurückgeben, da fiel ihm jedoch ein, dass er ein paar lobende Worte sagen sollte. Man hatte ihm schon kurz nachdem er in diese Firma gekommen war, den Vorwurf gemacht, dass er die Mitarbeiter nie loben würde. Ihm war das bis dahin noch nie aufgefallen. Erst als Maria, ihm erzählte, dass sie das über den Flurfunk gehört habe, fing er an, ab und zu ein Lob auszusprechen, so sehr es auch mit seiner schwäbischen Mentalität kollidierte. Dort herrschte nämlich der Grundsatz: "Schon nix gschwätzt isch gnug globt."

Als er Maria diese Erklärung für sein Verhalten gab, lachte sie herzlich und erzählte sie in den Büros weiter. Auch dort erzeugte sie große Heiterkeit und ein gewisses Verständnis für sein Verhalten. Maria aber ging es überhaupt vor allem darum, ihn aus allem herauszuhalten, was ein schlechtes Licht auf ihn hätte werfen können. Etwas holprig und wenig empathisch sagte er: "Danke, das haben Sie gut gemacht."

Maria hatte ein besonderes Verhältnis zu ihm aufgebaut. Nachdem sie von ihren Kolleginnen als eher ungeeignet für diesen Job angesehen worden war. ,als er sie zu sich holte, wusste er inzwischen, dass es richtig war, sie in sein Vorzimmer zu setzen. Sie entsprach so gar nicht dem Stereotyp einer Sekretärin, die viel Zeit und Energie darauf verwendet, ihre Fingernägel zu pflegen und Modezeitschriften zu wälzen. In ihrem ganzen Wesen war sie recht natürlich geblieben, ihr Make-Up war dezent und passte sehr gut zu ihrem Typ. Ihr Parfum oder Eau de Toilette roch angenehm frisch und nicht süßlich und schwer. Ihre Figur war nicht die einer

12

Hungerharke, sondern sehr fraulich mit einer für eine Frau Ende dreißig festen und wohlgeformten Brust. Dazu verfügte sie über ein fröhliches Temperament, das sich auch in ihrer Garderobe zeigte, die stets Farben enthielt, gut aufeinander abgestimmt und sich nicht „beißend". Hätte allerdings so eine typische Macho-Figur eine Rangfolge eingeführt für die weiblichen Arbeitskräfte in der Chefetage, hätte sie sicherlich einen der hinteren Plätze belegt. Werner hatte sie ausgewählt, weil sie fachlich bestimmt nicht schlechter war, als die anderen, die zur Wahl standen, aber eher unfähig, sich nach vorne zu drängeln und sich wichtig zu machen. Wie sie ihm später einmal sagte, hätte sie nie damit gerechnet, dass er sich für sie entscheiden könnte. Werner wusste damals aber genau, was er tat, denn dadurch, dass er sie vom Nobody zur Chefsekretärin anhob, und ihr ein völlig neues Sozialprestige verschaffte, hatte er nicht nur eine gute Vorzimmerdame, sondern eine überaus loyale Mitarbeiterin gewonnen.

Dafür gab es allerdings auch noch einen anderen Grund, von dem er zuerst nichts wusste. Maria war geschieden. Sie hatte sich etwa zehn Jahre zuvor von ihrem Mann getrennt, das heißt sie war vor ihm geflohen. Sie war erst knapp über zwanzig, als sie ihn heiratete. Ihr Mann war gut aussehend und schien, obwohl noch relativ jung an Jahren, ein erfolgreicher Geschäftsmann zu sein. Er war zwar um einige Jahre älter als sie, aber noch keine dreißig, als sie ihn kennenlernte. Er erzählte stets vollmundig von seinen geschäftlichen Erfolgen, aber nur wenige, die das hörten, wurden misstrauisch, dass ein so junger Mann schon solche Erfolge erzielt haben wollte. Maria war unerfahren genug und außerdem über alles verliebt, so dass sie ihm und seinen Geschichten verfiel. Kaum zwei Jahre nach der Hochzeit flog er mit seinem Schwindel auf, den er einige Jahre lang wie ein Schneeball-System betrieben hatte. Es gab ein Gerichtsverfahren, dem er ohnmächtig gegenüberstand und sein Verhalten wurde zunehmend aggressiv.

Er begann zu trinken und sich selbst zu bedauern. Weil er aber sonst nur Misserfolge erlitt und niemand anderen hatte, dem er die Schuld dafür zuschieben konnte, ließ er seine Launen an Maria aus. Er quälte sie nicht nur seelisch, indem er sie permanent herabwürdigte, sondern fing auch an, sie zu schlagen. Als sie es nicht mehr aushielt und mit der Zeit auch Angst bekam, er könnte sie umbringen, floh sie in ein Frauenhaus. Zurück zu ihren Eltern wollte sie nicht, denn die hielten immer noch große Stücke auf ihren Schwiegersohn und bedeuteten ihr, dass sie wohl versagt hätte, weil sie nicht zu ihm gehalten habe.

Werner kannte die Geschichte zwar nicht, aber er fühlte doch, dass sie ständig bemüht war, trotz ihrer fröhlichen Ausstrahlung eine gewisse Distanz zu halten. Sie vermied jeden körperlichen Kontakt. Selbst als er nur einmal ihren Oberarm berührte, weil er einen Ordner aus dem Regal nehmen wollte, vor dem sie stand, zuckte sie wie elektrisiert zusammen.

Im Lauf der Zeit fasste sie aber zunehmend Vertrauen, als sie merkte, dass Werner zwar manchmal sehr zornig fluchen und schimpfen konnte, er damit aber meist die jeweilige Situation meinte und nicht jemand persönlich. Sie fand ihn als Mensch sympathisch und als Chef kompetent, der Loyalität nicht als Einbahnstraße sah. Wenn sie mal etwas verbockt hatte oder eine ihrer Kolleginnen ihr etwas anhängen wollte, hat er sich immer vor sie gestellt, ohne zu fragen oder feststellen zu wollen, wer da an was schuld sein soll. Sein Leitspruch war in diesen Fällen:
„Unsere Aufgabe ist es, Probleme zu lösen und nicht Schuldige zu suchen."

Man konnte etwas altertümlich ausgedrückt auch sagen, Maria war ihm „treu ergeben". Das hatte er einige Monate, nachdem er gekommen war, festgestellt. Damals hatte er mit ihr eine kleine

Episode erlebt, in der sie das unter Beweis stellte, als es aufgrund einer Nachkalkulation erforderlich geworden war, einige Angebote noch einmal durchzurechnen, zu berichtigen und neu zu schreiben. Die Zeit drängte und so mussten sie bis in den Abend hinein arbeiten. Maria blieb einfach länger bis alles erledigt war, obwohl sie eine Verabredung absagen musste. Werner war froh, dass er die Unterlagen am nächsten Morgen abgeben und kein weiterer Druck mehr entstehen konnte. Spontan rief er damals zu Hause an, sagte, dass es später würde und lud Maria zum Essen ein.

Als sie ihn fragte, wo es denn hingehen solle, antwortete er vielsagend: „Wir brauchen kein Auto; und außerdem kennen Sie das Lokal." Sie dachte nach, aber außer einem leidlich guten Italiener und einem miserablen Chinesen fiel ihr nichts ein, was fußläufig zu erreichen gewesen wäre. Er dachte aber an das Gourmetlokal, in das er wichtige Kunden einzuladen pflegte. Es lag nur zwei Blöcke weiter und war in weniger als einer Viertelstunde zu erreichen.

Als sie davorstanden, sagte er lachend:
"Ich hatte doch recht, dass sie es kennen."
Sie kannte es freilich nur von den Quittungen, die er ihr nach einer Kundenbewirtung auf den Schreibtisch legte und die sie dann in den

vorschriftsmäßigen Beleg für die Buchhaltung übertragen musste.

Sie zögerte, als er ihr die Tür aufhielt:
"Mein Gott ich bin doch da gar nicht richtig angezogen."
Er schaute sie an und lächelte:
„Da kann ich nur eine Freundin meiner Frau zitieren: 'Je toller der Schuppen, desto mehr kannst Du Dich daneben benehmen', aber glauben Sie mir, Sie sind immer richtig angezogen".

Er öffnete die Tür, legte seinen Arm ganz leicht auf ihre Schulter und schob sie ein wenig nach vorne, ohne dass sie Berührung sie erschreckte. Der Kellner erkannte Werner sofort, und begrüßte die beiden mit einem freundlichen:
„Guten Abend, Herr Doktor" ---
dann hielt er inne und wandte sich etwas ratlos Maria zu. Bevor er womöglich „guten Abend Frau Wielandt sagen konnte, stellte sie Werner als „Frau Budweiser, meine Assistentin" vor.
Es war schon seit einigen Jahren im Rahmen der fortschreitenden Frauenemanzipation allgemein üblich geworden nicht mehr von „Sekretärin" zu sprechen, sondern von der „Assistentin".

Francesco war schon lange Kellner in dem Lokal. Er war zwar in Deutschland geboren, kurz nachdem seine Eltern als Gastarbeiter gekommen waren, wusste aber genau, wie seine Gäste – und vor allem die weiblichen – auf seinen auf italienisch getrimmten Charme reagierten. Er verneigte sich mit einem freundlichen Lächeln zu Maria und sagte, unterstützt von einer Handbewegung voller Grandezza "Dann seien Sie uns herzlich willkommen."

Das Lokal war nur noch schwach besetzt, denn es war nun doch schon recht spät geworden. Werner fragte:
"Ist die Küche noch geöffnet".
„Und wenn nicht, würden wir sie für einen Gast wie sie noch einmal öffnen, zumal wenn Sie in so reizender Begleitung kommen."
Francesco legte die Speisekarten auf den Tisch und erwähnte wie beiläufig: "Wir haben heute Kalbsbries."
„Wie kommt das?"
„Entweder als Milanese oder wenn - Sie wollen - auch auf schwäbische Art."
„Dann wollen wir einmal sehen, was es sonst noch gibt."
Er schob Maria eine Karte zu und öffnete auch die seine. Maria fragte ihn: „Worüber haben Sie gerade gesprochen?"
„Die haben heute Kalbsbries."
„Was ist das?"

Werner freute sich über ihre Ehrlichkeit und dass sie nicht so tat, als wisse sie Bescheid, denn hier im Rheinland war Kalbsbries etwas ungewöhnlich. Er erklärte ihr, dass es sich um die Thymusdrüse des Kalbs handle, eine im Rohzustand recht labbrige Innerei, mit der nicht jeder Koch etwas anzufangen wisse. Aber in Italien, Frankreich und Deutsch Südwest würde man sie zu Delikatessen verarbeiten.

„Haben Sie dort auch schon gelebt?" fragte sie erstaunt.

„Ich bin dort sogar geboren. Aber mit Deutsch Südwest bezeichnen wir spaßhaft Baden-Württemberg, den sogenannten Südwest-Staat".

Er merkte, dass sie sich etwas naiv empfand, wollte sie aber nicht in Verlegenheit bringen und empfahl, sich dem Studium der Karte zuzuwenden.

Unterdessen hatte es draußen wieder begonnen zu regnen. Man sah durch die vorhanglosen Fenster sogar ein paar Blitze zucken. Werner murmelte hinter seiner Speisekarte hervor: "Jetzt müssen wir so lange essen bis sich das Wetter beruhigt hat, sonst werden wir auf dem Rückweg tropfnass" und fuhr fort „ich glaube, ich nehme das Kalbsbries Milanese als Vorspeise und dann den sautierten Wolfsbarsch, Maria war ganz unsicher geworden angesichts der Speisen auf der Karte, denn das meiste von dem, was da stand, kannte sie nicht und sagte: „ Ach, ich nehme einfach das gleiche, wie Sie."

Werner gab Francesco ein Zeichen, um ihn an den Tisch zu rufen und gab ihm die Bestellung auf. Obwohl Maria das, was sie gegessen hatte, nicht kannte schien es ihr geschmeckt zu haben. Vom Weißwein von der Loire tranken sie nur wenig, weil sie beide noch fahren mussten. Sie verzichteten auf das Dessert und Werner ließ sich die Rechnung bringen. Als er den Kreditkartenbeleg unter-schrieben hatte, nahm sie wie selbstverständlich die Durchschrift an sich, steckte sie in ihre Handtasche und lächelte ihm zu:
„Ich mach' das schon."
Sie hatten tatsächlich so lange gegessen bis der Regen aufgehört hatte. Beschwingt liefen sie zurück zur Firma, um dort ihre Autos zu holen. Sie hakte sich vergnügt bei ihm unter und er wusste, dass er sie jetzt ganz auf seiner Seite hatte.

Werner fuhr mit einem zufriedenen Gefühl nach Hause, wo ihn seine Frau Brigitte erwartete. Als sie an ihren neuen Wohnsitz zogen, besichtigten sie vorher einige Häuser, denn eine Etagenwohnung kam für sie nicht in Frage. Sie wollten ein wenig „Ellbogenfreiheit" haben und auch nicht in ein gewachsenes Gebiet ziehen, in dem sich alle Nachbarn schon kannten und sie noch lange Jahre als „die Neuen" gelten würden. Deshalb suchten sie sich ein Haus in einem neu entstandenen Wohngebiet aus, das sie zunächst mieten konnten, um es später, wenn er sich in seiner neuen Firma etabliert haben würde, zu kaufen. Sie fanden das passende Objekt im „Wohnpark Ludwigsforst", wie die Bauträgergesellschaft ihre kleine Siedlung, die etwa je zur Hälfte aus Reihenhäusern und freistehenden Gebäuden bestand, nannte. Die Bewohner waren fast alle auch Neubürger, so dass keine Unterscheidung in Neue und Alte erfolgen konnte. Das Haus war groß genug mit seinen beiden Geschossen und einem großen Hobbyraum unter dem Walmdach, das zwar ein wenig flach ausgefallen war, seinen drei Kindern aber ausreichend Platz bot, um sich dort außerhalb ihrer Zimmer zu entfalten. Die Kinderzimmer waren durch einen kleine Flur vom Elternschlafzimmer getrennt. Das Haus hatte einen Balkon zur Südwestseite hin, was dafür sorgte, dass sie von der aufgehenden Sonne nicht allzu früh geweckt wurden.

Auch Brigitte war eine „Nachteule", wie er und war deshalb noch wach , als er eintraf. Sie hatte einen Underberg für ihn bereitgestellt, weil sie wusste, dass er bei Geschäftsessen manchmal

„zu viel des Guten tat", wie sie sagte. Sie lag mit einem Woll-Plaid bedeckt in ihrem bequemen Sessel und las in der Biographie über Marie Curie. Sie interessierte sich vor allem für diese Art der Literatur, nachdem sie sich in ihren früheren Jahren hauptsächlich mit kunsthistorischer Literatur und guter Belletristik ihre freie Zeit vertrieben hatte. Inzwischen meinte sie, das Leben sei zu kurz, als dass man es mit erfundenen Geschichten zubringen sollte. Deshalb hatte sie sich echten Lebensgeschichten zugewandt und bevorzugte dabei vor allem Lebenserinnerungen starker Frauen oder Schilderungen über sie. Werner setzte sich zu ihr und erzählte ihr, womit er den Tag verbracht und wie er geendet hatte.

Sie fragte ihn: "Muss ich jetzt eifersüchtig werden?"
Werner stand auf und beugte sich über sie, er schlug ihr Plaid etwas zurück und küsste sie zärtlich auf die Lippen."Aber natürlich, wie immer", sagte er leise. Sie verstand nach all den Jahren seinen Humor und antwortete: "Dann können wir ja getrost schlafen gehen." Während der nasskalte Wind geräuschvoll um das Haus wehte, schliefen sie einträchtig ein.

Seit damals, als er hier anfing, war es jetzt zum vierten Mal wieder April geworden. Und das

Wetter war wieder von der gleichen Wechselhaftigkeit wie an jenem, wie es ihm schien, lange zurückliegenden Tag. „April, April, der macht halt, was er will", dieser alte Kinderreim ging ihm durch den Kopf. Bis zum Eintreffen des Vorstands blieb noch Zeit für eine Tasse Kaffee, die ihm Maria so brachte, wie er ihn haben wollte: einfach schwarz ohne alles, aber in einem möglichst großen Becher. Maria war wieder hinaus gegangen und er ließ seine Gedanken abschweifen zu dem Tag an dem er vom Personalbüro ihren CV bekommen hatte.

Als er ihren Lebenslauf las und ihre bisherige berufliche Kariere betrachtete, musste er daran denken, wie wohl sein Lebenslauf aussehen würde, wenn er heute einen zu schreiben hätte. Obwohl eine gewisse Ehrlichkeit angezeigt wäre, würde er ganz bestimmt nicht alles offenbaren, was ihn zu dem Menschen gemacht hat, der er war.

Er hatte eine zehn Jahre ältere Schwester, der in einem Abstand von sieben Jahren eine weitere und noch einmal nach achtzehn Monaten eine dritte folgten. Die Familie wurde dann vervollständigt durch ihn. Er wurde im Abstand von nur fünfzehn Monaten nach seiner jüngsten Schwester geboren. Der Krieg hat, wie bei vielen anderen dafür gesorgt, dass die Kinder in einer

Familie oft in sehr unterschiedlichen Zeitabständen auf die Welt kamen. Werner spürte schon in seiner frühen Kindheit, dass die Eltern ihre Zuneigung unterschiedlich zuteilten. Sein Vater, der sechs Jahre älter war als seine Mutter, war ganz und gar seinen Töchtern zugeneigt. Er schätzte ihre Intelligenz, ihre musischen Begabungen und sprach voll Stolz von ihnen und dem, was sie konnten. Werner war für die Familie halt „auch da." Das war nicht die Umgebung, in der er ein besonders ausgeprägtes Selbstbewusstsein entwickeln konnte.

Auch später während Schulzeit und Studium bekam er im Gegensatz zu seinen Schwestern keine Vorschusslorbeeren, sondern musste immer zuerst beweisen, dass er in der Lage war, den jeweiligen Abschnitt erfolgreich abschließen zu können. Seine Schwestern absolvierten nach dem Abitur die klassischen Studiengänge, für die man sich, nach damaliger landläufiger Meinung zu entscheiden hatte, wenn man vom humanistischen Gymnasium kam. Die Älteste wurde Apothekerin, die Mittlere war promovierte Medizinerin und landete in der Pharmaforschung, die Jüngste war Juristin mit der Befähigung zum Richteramt, das sie auch zügig anstrebte.

Werner hatte sich schon in der Untersekunda

entschlossen, Wirtschaft zu studieren. Dabei war ihm damals noch nicht klar, dass es einen Unterschied macht, ob man sich für Volks- oder Betriebswirtschaftslehre entschied. Erst als er kurz vor dem Abitur stand befasste er sich mit den Feinheiten seines zu wählenden Studiums. Auf die Idee Wirtschaft zu studieren kam er aufgrund seiner intensiven Spiegel-Lektüre. Man musste dieses Magazin einfach gelesen haben, wenn man in den Schülerkreisen aus den oberen Klassen mitreden wollte.

Seine Mutter hatte allerdings ganz Anderes im Sinn, wenn sie auf seinen einmal zu ergreifenden Beruf zu sprechen kam. Sie riet ihm, beeinflusst durch die von ihr bevorzugte Trivialliteratur, er solle doch Bibliothekar oder Pfarrer werden.

Bei seiner Zeitungslektüre war er einmal auf einen Artikel mit dem Titel „It's a blessing, to have a man like Blessing" gestoßen, der sich auf amerikanische Quellen bezog und ein einziges Loblied auf den Präsidenten der Bundesbank sang. Weil er nicht so richtig verstand, was da geschrieben wurde, er aber die dort geschilderten Zusammenhänge hinsichtlich Währungsstabilität und Wirtschaftskraft spannend fand, dachte Werner zum ersten Mal daran, sich berufsmäßig mit diesen Dingen zu beschäftigen. Ein anderer Impuls kam aus den Berichten über die Borgward-Pleite und die Rettung von BMW.

Nun wollte er mehr wissen über das, was man da macht, wenn man „Wirtschaft" studiert. Er traf sich dazu mit einem Bekannten aus der Nachbarschaft, der zwei Jahre älter war als er, allerdings nicht zur Bundeswehr musste und deshalb schon im vierten Semester an der Uni war. Von ihm, Udo Hüttlein, hatte er gehört, er würde Wirtschaftspädagogik studieren und so nahm er an, dass er ihm seine Fragen beantworten könnte. Udo erklärte ihm zunächst die unterschiedlichen Studiengänge, um ihm dann von VWL abzuraten. „Die VWLer haben keinen guten Ruf. Es heißt nämlich: Wer nix wird, wird Wirt, wer gar nix wird, wird Volkswirt." Werner hatte genug gehört, sein Entschluss stand fest, er würde BWL studieren. Nach dem Abitur, das er wegen seines, wie es sein Chemie- und Biologie-Lehrer formulierte – „gebrochenen Verhältnisses zum schülerischen Fleiß" - nicht mit   den Ergebnissen bestand, die für ihn möglich gewesen wären, musste er jedoch zuerst zum Bund.

Er freute sich, im Gegensatz zu den meisten anderen, über seine heimatferne Verwendung mit einer Distanz von rund 800 km zu seinem Zuhause, viel weiter weg ging es schließlich nicht. Damit konnte er sein eigener Herr sein, ganz der Kontrolle durch die Familie entzogen. empfand er, so paradox es auch klingen mag, seine Situation trotz des militärischen Befehls- und-Gehorsams-Prinzips, als eine Art von Befreiung.

Nach der Grundausbildung wurde der Dienst arge Routine und, wie er fand, stinklangweilig. Als dann das Angebot an alle Wehrpflichtigen mit Abitur kam, es bei einer Verpflichtung auf zwei Jahre, bis zum Leutnant der Reserve bringen zu können, schlug er ein. Dabei hatte er noch in der Zeit, als er gemustert wurde, ernsthaft darüber nachgedacht, den Wehrdienst zu verweigern.

Ein richtig guter Soldat wurde er nie, verfügte aber, wie er später merkte, als er Ausbilder und Gruppenführer wurde, über eine bestimmte Art von natürlicher Autorität, die es ihm leicht machte, sich durchzusetzen. Überhaupt lernte er während des Wehrdienstes sehr viel über sich selbst, so zum Beispiel über sein Verhalten in Stress-Situationen und wie er seine cholerischen und manchmal jähzornigen Anfälle in den Griff bekommen konnte, was ihm freilich nicht immer gelang. Weil er aber merkte, dass man durch so ein Verhalten zwar Angst hervorrufen konnte, aber sich manchmal auch einfach nur lächerlich machte, versuchte er immer mehr dagegen anzukämpfen.

Es gab in der Kaserne weder offizielle Radios noch Fernsehapparate. Die mussten privat mitgebracht werden; und wenn dann einmal einer so ein tragbares Gerät mitbrachte, war das Bild meistens grieselich und vor allem so klein, dass höchstens zwei Mann gleichzeitig etwas sehen konnten. Die hauptsächliche Informationsquelle war somit das Radio und die BILD. Eine andere Zeitung war im Kantinenkiosk nicht zu bekommen. Wenigstens schickte ihm sein Vater regelmäßig den Spiegel und die Zeit. Er lies die beiden Publikationen im Aufenthaltsraum liegen, wenn er sie gelesen hatte, was von seinen Kameraden dankbar angenommen wurde.

In seine Bundeswehrzeit fielen die Studentenunruhen, die man später die 68er nannte. Sie werden meist als Zeiten des Um- und Aufbruchs geschildert, als Jahre der Befreiung von überalterten Konventionen, der durch die Verbreitung der Anti-Baby-Pille ausgelösten sexuellen Revolution, der Aufarbeitung der Nazi-Vergangenheit und anderer Segnungen, wobei die meisten aber verdrängt zu haben scheinen, dass es auch die Zeit des eskalierenden Vietnam-Kriegs und vor allem auch der Tschecheslowakei-Krise war. Von ihr war auch Werner betroffen, weil sein Standort nur einige Kilometer von der Zonengrenze entfernt lag und er dadurch manchmal, wenn er nachts Wachhabender war, von verunsicherten Rekruten angesprochen wurde, die sich Sorgen machten und von dem Fähnrich und angehenden Leutnant weise Antworten auf ihre Fragen erwarteten. Sie hatten so großen Respekt vor seinem Dienstgrad, dass sie ganz vergaßen, dass er, wenn überhaupt, nur rund ein Jahr älter war.

Später ödeten ihn die großmäuligen Reden der 68er-Revolutions-Veteranen fürchterlich an, wenn da irgendwelche Pseudointellektuelle in abgegriffenem Soziologensprech ihre heldenhaften Großtaten schilderten, und erzählten, sie hätten am Springer- Hochhaus beinahe eine Scheibe eingeworfen. Werner klinkte sich meist schnell aus einer solchen Runde aus, bevor er ausrastete und dem jeweiligen Sprecher vorhielt, dass er und seinesgleichen, ihm damals für seinen Unfug den Rücken frei gehalten hätten. Damit war er dann als „Rechter" abgestempelt.

Mit „tempi passati" pflegte er diese Gespräche zu beenden und auch seine eigenen Gedanken, wenn die Erinnerungen in ihm hochkamen. Als er schließlich ausweislich einer Abschiedsurkunde „in Ehren" aus dem Dienst ausgeschieden war und er zu Hause ankam, nahm man dies in der Familie kaum zur Kenntnis. Vor wenigen Tagen hatte er in der Abschluss-Besichtigung noch eine Kompanie befehligt, wofür ihm seine Vorgesetzten allen Respekt für seine Leistung zollten und jetzt war er wieder nur „auch da".

Am nächsten Morgen flüchtete er schon früh morgens unter dem Vorwand, er müsse rechtzeitig zur Uni, um sich einzuschreiben und mit der Suche nach einem Zimmer zu beginnen. Er hatte von seinem Wehrsold und dem Entlassungsgeld genügend in der Tasche, so dass er seine Eltern nicht um Geld bitten musste, weil er vorhatte ein paar Tage in der Universitätsstadt zu bleiben, um sich ein wenig umzuschauen. Dort angekommen wandte er sich zuerst einmal den „heiligen Hallen der alma mater" zu.

Einer seiner Lateinlehrer hatte ihm für dort viel Glück gewünscht, wobei er bei „alma mater" sein ironisches Grinsen nicht verbergen konnte. Der Spatz, der eigentlich Sperling hieß, war nämlich davon überzeugt, dass das humanistische Gymnasium eine Eliteschule sei, die ihre Schüler zum Wahren, Edlen, Schönen führe und es nicht verdient hätte, dass nun einer, der das ganze Curriculum - sogar nicht ohne Erfolg – durchlaufen hatte, sich einem Studium zuwandte, dessen einziger Sinn und Zweck es sei, sich zum Sklaven des Mammons zu machen. „Dafür haben wir Sie nicht gebildet, dafür hätten Sie nicht bei uns die Stühle wärmen müssen. Sie haben doch ganz andere Möglichkeiten, Sie haben das Zeug zum Forscher!"

Werner hörte sich das in Ruhe an, wobei er zum ersten Mal den Eindruck hatte, dass da wirklich jemand war, der ihm etwas zutraute und entgegnete dann:

„Gerade in den Wirtschafts-Wissenschaften gibt es noch viel zu erforschen … und - wenn Sie meinen - dann bin ich ja dort besonders gut aufgehoben."

Der Sperling winkte verächtlich ab:
"Na ja, Wirtschafts-*Wissenschaften?!*"
und ging zu den Nächsten, um von ihnen auch zu erfahren, was sie studieren wollten. Die Antworten, die er dort hörte, wie zum Beispiel Pharmacie, Medizin, Jura, Musik und andere klassische Studiengänge, gefielen ihm schon besser. Als er sich verabschiedete sagte ihm Werner noch:
„Auch dieses Gymnasium wird neu nachdenken müssen, damit nicht nach jeder Unterrichts-Stunde die Fenster aufgerissen werden müssen, um den Mottenkugel-Gestank wieder los zu

werden."

Wegen solcher Bemerkungen blieb er den Lehrern als respektlos und mit einem losen Mundwerk ausgestattet in Erinnerung. Dabei war er eigentlich eher schüchtern und benutzte solche Sprüche als Schutzschild, weil sich dann keiner, mit ihm anlegen wollte. Meistens hatten seine Gegenüber Angst, von Werner verbal niedergemacht zu werden.

Mit einer ähnlichen Taktik verbarg er seine Schüchternheit vor den Mädchen. Er hatte stets ein paar flapsige Sprüche drauf, die keine romantische oder gar erotische Stimmung aufkommen ließen. Hinzu kam die geradezu panische Angst, abgewiesen zu werden und im Hintergrund stand auch immer die Sorge, sich mit zu forschem Vorgehen lächerlich zu machen.

Das änderte sich, nachdem er auf einer Party die ältere Schwester eines Klassenkameraden kennengelernt hatte. Er tanzte mit ihr das, was er und seine Altersgenossen „tanzen" nannten: Auf Boogie-Woogie und Rock'n-Roll Rhythmen tanzte man offen den Hopser-Rock und auf langsame Musik den zwei-links-eins-rechts Schritt, den man bis zum Steh-Blues verlangsamen konnte. Es ging gegen Mitternacht als er mit dem Mädchen schon einige Zeit getanzt hatte. Sie lagen sich, die Körper eng aneinander geschmiegt, in den Armen, als sie ihn fragte, ob er schon einmal mit einer Frau richtig geküsst habe. Er stammelte ein verlegenes kaum hörbares „j-j-ja" und sie flüsterte:"das glaube ich nicht." Sie öffnete ihre Lippen einen kleinen Spalt und legte sie auf seine. Er spürte ihre Zunge, die sich so heiß anfühlte, als müsste er sich daran verbrennen. Er spürte, wie das Verlangen in ihm hochschoss, als plötzlich jemand das volle Licht, das bis auf eine Stehlampe reduziert war, wieder einschaltete. Die Partygäste fuhren wie vom Blitz getroffen auseinander und blinzelten in die Helligkeit, denn in der Tür standen die Eltern des Gastgebers und verkündeten freundlich lachend, dass nun genug gefeiert und die Party beendet sei. Sie wünschten allen einen guten Nach-Hause-Weg und auch Werner verabschiedete sich höflich von seiner Tanzpartnerin, von der er nicht einmal den Namen wusste. Später traf er sie manchmal in der Stadt, aber da war sie meistens mit ihren Freundinnen und auch mit älteren Jungs zusammen und wollte ihn nicht mehr so richtig kennen. Werner vergaß diesen Abend und das Mädchen allerdings nie, denn sie hatte ihm seine Schüchternheit genommen.

Im Laufe des sehr erfolgreichen Studiums, das er mit der Promotion zum Dr. rer.pol. und magna cum laude nach vierzehn Semestern abschloss, hatten sich auch die Reste seiner Schüchternheit edgültig verflüchtigt und einem gesunden Selbstbewusstsein Platz gemacht, so dass er souverän genug war, um auf die Anrede mit Titel verzichten zu können. Außerdem konnte es sehr von Vorteil sein, von anderen gelegentlich unterschätzt zu werden. Andererseits hatte sich die Nennung des akademischen Grades in manchen Fällen auch als sehr nützlich erwiesen. Er pflegte einen sehr machiavellistischen Umgang mit seinem Doktor-Titel. Maria hatte er gleich in der ersten Stunde über seine Denkweise aufgeklärt und damit auch sofort ihre Loyalität auf die Probe gestellt, denn er konnte schon am nächsten Tag am Verhalten der Mitarbeiter erkennen, ob sie, entgegen seiner Bitte um Stillschweigen, gequatscht hatte. Sie hat es nicht getan, und so dauerte es einige Monate bis sich herumsprach, dass er „ein Herr Doktor" war.

Für das heutige Gespräch mit den Vorstandsmitgliedern war er gut gerüstet und war gespannt, was sein Geschäftsführer-Kollege zu sagen hatte. Das Verhältnis der beiden zueinander war, wie man in der Diplomatensprache sagen würde, gespannt. In Wirklichkeit pflegten die beiden eine ausgeprägte Feindschaft. Fritz von Lauenheim-Wiese stammte aus einer alten Adelsfamilie. Er war von athletischer Statur, hatte während einiger Studiensemester in den USA auch Baseball und sogar American Football gespielt, konnte aber auch Tennis und Golf. Kurz nach seinem Eintritt in das Unternehmen bot er Werner das „Du" an, was Werner so beeindruckte, dass er spontan einwilligte. Dabei gab es wenig Ansätze zu einem vertrauten Verhältnis zwischen den beiden. Werners sportliche Erfahrungen zum Beispiel beschränkten sich auf den allgemeinen Schulsport, ein wöchentliches Hallentraining mit Kommilitonen aus dem Studentenwohnheim und mehr oder weniger regelmäßigem Fußballtraining in einer Studentenmannschaft, die einmal im Semester am Turnier um den Pokal des Rektors teilnahm. Alles war somit weit weniger spektakulär als bei Fritz. Dessen Vorfahren hätten sich schon in den Bauernkriegen hervorgetan, natürlich auf der Seite des Adels und der Landesherren, erzählte er gern.

„Das waren Bauernschlächter", meinte Werner, wenn er unter Freunden war, „heute sind die nur noch verarmte Raubritter, dekadent und degeneriert."

Die Wertschätzung von Fritz fiel Werner gegenüber ähnlich „schmeichelhaft" aus: "Ein Parvenü, der nur in Zeiten der Hochkonjunktur, wenn man jeden Mann braucht, etwas werden konnte. Zu normalen Zeiten hätte man diesen Herrn Wielandt mit Hunden vom Hof gejagt."

Im Zweifel hätte Werner allerdings ebenfalls mit zwei Stammbäumen seiner Familie aufwarten können, die freilich nicht so weit zurückreichten. Er hatte sie seinen Großvätern zu verdanken, die in der Nazizeit ihr Ariertum beweisen wollten, es in einem Fall sogar mussten. Dies war bei einem Bruder seines Großvaters der Fall, der in ein landwirtschaftliches Gut eingeheiratet hatte. Als nunmehriger Erbhofbauer musste er seine arische Abstammung durch den Großen Abstammungsnachweis bis zum Jahr 1800 zurück belegen, sein Sohn, der bei der SS war, sogar bis 1750.

Der Großvater mütterlicherseits war zwar schon 1931 in die NSDAP eingetreten, musste dann aber 1935 dennoch den Großen Abstammungsnachweis, erbringen. Bei einem großen Familientreffen, das während seiner Studienzeit stattgefunden hatte, wurde allerdings gemunkelt, dass bei der Interpretation einer Eintragung im Kirchenbuch, der Pfarrer damals sein Gewissen etwas erweiterte und einen verdächtigen Namen auf die Eheschließung mit einem Waldenser zurückführte.

Er konnte sich nicht vorstellen, dass ein solches

corriger la fortune nur in bürgerlichen Kreisen vorkam. Je weiter die Stammbäume zurückreichten, desto misstrauischer war er und legte daher in seiner Beurteilung von Menschen überhaupt keinen Wert darauf. Für ihn bestimmte jeder seinen Wert selbst. Sein Fühlen, Denken und Handeln während seines eigenen Lebens bestimmte für ihn den Wert eines Menschen. Dabei störte ihn bei seinen Betrachtungen der Begriff „Wert" im Zusammenhang mit dem Urteil über einen Menschen ganz besonders, aber ihm fiel kein Besserer ein.

Als er einmal Maria den Unterschied zwischen „Wert" und „Preis" darlegte, kam er ins Dozieren: „Der Wert ist immer subjektiv, weil er eigentlich auf eine Sache bezogen wird. Einen absoluten Wert gibt es nicht. Die Frage ist immer, was ist sie mir wert. So mag der Preis für ein bestimmtes Kunstwerk zwar in die Millionen gehen, solange es mir das nicht wert ist, kaufe ich es nicht. Deshalb muss man auch vorsichtig sein, wenn man eine Wertanlage erwirbt, da der Wert einer Sache eben auch in seinem Preis bemessen wird."
Maria wandte ein: „Aber Immobilien oder Gold sind doch sichere Wertanlagen."
„Das stimmt nur relativ," entgegnete Werner, denn auch sie sind teilweise erheblichen Schwankungen unterworfen. So werden in unseren Jahren noch horrende Summen für ein

Haus in ruhiger Lage bezahlt, während vielleicht bald schon Häuser in urbaner Umgebung angesagt sind."

„Und wie verhält es sich mit Gold? Gold ist schließlich ewig," wandte Maria ein.

Werner lächelte und machte dabei einen überlegenen Eindruck. „Sie müssen mich jetzt nicht für blöd halten, aber es ist doch wirklich so, dass Gold über die Jahrhunderte hinweg seinen Wert behält."

Bevor er antwortete, nahm er sich zusammen und versuchte jede Form von Überheblichkeit aus seiner Stimme, Mimik und Gestik herauszuhalten. Als er sich nämlich auf seiner ersten Bewerbungstour damals bei einem größeren Unternehmen beworben hatte verlangte man von ihm, einen Text aus einer illustrierten für ein graphologisches Gutachten abzuschreiben. Dieses kam zu dem Ergebnis, dass er zwar überdurchschnittlich intelligent sei, aber auch zu Überheblichkeit gegenüber anderen neige. Dass man den Grad der Intelligenz aus einem Schriftbild ersehen kann, wollte er dem Gutachter vielleicht gerade noch zubilligen, aber wenn da einer auf einen so speziellen Charakterzug schließen wollte, dann sah er in dem Graphologen doch eher einen Scharlatan. Trotzdem blieb er in dieser Situation vorsichtig und antwortete mit einem künstlichen

Lachen: "Dann muss ich vielleicht noch einmal darüber nachdenken."

Jetzt schaute Maria überlegen drein. Er ließ ihr den vermeintlichen Sieg und dachte: „ Man muss auch jönne könne." An diesem Punkt seiner Erinnerung angekommen, lugte die Sonne zwischen den Wolken hervor, gerade so, als wollte sie ihm nachträglich zustimmen.

Werner nahm das Thema noch einmal auf, indem er versuchte, einen möglichst sachlichen Tonfall zu finden, so dass er nicht besserwisserisch oder dozierend wirken sollte, was ihm freilich nur eingeschränkt gelang:
„Gold ist ein Mythos. Man kann es nicht essen und es trägt auch sonst in keiner Weise zu unserem körperlichen Wohlbefinden bei. Der sogenannte Goldwert ist eine Schimäre. Er entsteht deshalb, weil die Menschen glauben wollen, es gäbe ihn."

Maria sagte nichts mehr dazu und so wandten sie sich wieder dem Tagesgeschäft zu, das wie gewöhnlich überschattet war von dem schlechten Verhältnis, das die beiden Geschäftsführer untereinander pflegten.
Die Feindseligkeit zwischen Werner und Fritz hatte ihre Ursache in den Einstellungsgesprächen, die mit den beiden

geführt worden waren und auf Grund derer sich der Konzernvorstand dazu entschlossen hatte, die beiden zu verpflichten. Dabei hatte der Personalvorstand mit gezinkten Karten gespielt, um rasch Vollzug melden zu können: „Auftrag ausgeführt ich habe zwei neue Geschäftsführer für die AROSA GmbH".

Der Trick war einfach. Er hatte die Dünkel von Fritz bemerkt und auch die eher konziliante Art von Werner. Also erzählte er Fritz, der allerdings darauf bestand Friedrich genannt zu werden „wie Friedrich Barbarossa". Dabei richtete er sich immer ein wenig auf, wenn er das sagte. Doch weil der Personalvorstand die Angelegenheit so schnell wie möglich erledigen wollte, gab er Fritz die Zusicherung, er werde Sprecher der Geschäftsführung und mit diesem Zusatz auch ins Handelsregister eingetragen, während er Werner sagte, man sehe ihn als primus inter pares, was für diesen so viel hieß, wie „ihr seid gleichberechtigte Partner". Verstärkt wurde dieser Eindruck noch durch die Tatsache, dass für die Rechtskraft eines Schriftstücks beide Unterschriften erforderlich waren. Der Titel selbst, war freilich nicht eintragungsfähig. Von diesen Zusagen wussten sie wechselseitig nichts. Im Konzernvorstand meinten die Herren, „die beiden werden sich schon zusammenraufen."

Diese Spekulation ging jedoch nicht auf. Dazu hätte einer nachgeben müssen, um dem anderen den Vorrang zu lassen. Das ging aber nicht, weil beide sich allein berechtigt fühlten, die Führung zu übernehmen. Bei Fritz waren es seine Standesdünkel, bei Werner war es nicht nur das Überlegenheitsgefühl, das aus den fachlichen und geistigen Fähigkeiten resultierte, sondern vor allem das Wissen um den beruflichen Werdegang von Fritz, der sich nach dessen Bekunden mit Gottes Hilfe vollzogen hatte. Fritz war katholisch und wie Werner stets betonte:

„So katholisch, dass er Weihwasser pinkelt."

Von sich selbst sagte Werner dagegen stets, er sei in der freien Luft Badens evangelisch sozialisiert worden und damit niemandes Untertan. Er wusste genau, dass er damit Luthers Freiheit eines Christenmenschen sehr weit auslegte, so weit, wie einst Thomas Müntzer, aber „das weiß doch keiner in dieser gottlosen Zeit," murmelte er manchmal, wenn er den Eindruck hatte, es könnte doch einer gewusst haben.

Fritz hatte seine bisherige berufliche Laufbahn vor allem einem Vetter zweiten Grades, der im Vorstand einer der ganz großen Banken saß und den Verbindungen seines Vaters zu verdanken. Werner zog immer, wenn ihm jemand erzählte,

Fritz habe wieder einmal Gottes Hilfe bei seiner Karriere betont, den alten Kalauer heraus: „ja ja mit Gottes und noch einiger anderer Hilfe."

Werner dagegen hat sich selbst zu dem gemacht, was er war. Nachdem mit der Promotion seine Studienzeit ihr Ende gefunden hatte, vollzog er während seiner Suchphase für eine ausbaufähige Anfangsstellung noch ein paar Pflichtbesuche zu Hause, wie er das schon während des Studiums immer wieder getan hatte.

Hüttlein hatte ihm gleich zu Beginn seines Studiums einen Platz in einem Wohnheim des Studentenwerks vermittelt, den er jetzt noch ein Semester über das Studienende hinaus behalten durfte. Er hatte sich für seine Diplomarbeit und seine Dissertation eine Erika Schreibmaschine gekauft, die ihm beim Schreiben seiner Bewerbungsbriefe jetzt gute Dienste leistete. Vor allem konnte er im Wohnheim schreiben und war nicht irgendwelchen Kommentaren seiner Schwestern und Eltern ausgesetzt. Nützlich war vor allem auch, dass er dort einen Briefkasten hatte, mit alleinigem Zugang für ihn und er damit niemand darüber Rechenschaft ablegen musste, warum das eine oder andere Schreiben nun nicht doch eine Zusage enthielt, „hast Du womöglich doch das Falsche studiert?"

Seine Sorgen erwiesen sich aber als unbegründet, denn nach fünf Wochen hatte er schon sechs Einladungen zu Vorstellungsgesprächen. Er begab sich also auf die große Vorstellungstour. Er war in großen Konzernzentralen, Konzern-Filialen und bei großen Mittelständlern und landete schließlich in einem nicht allzu großen Industriebetrieb, der Motorenteile für die Automobilindustrie herstellte, zwar ganz gut aussah, aber trotzdem ein großes Problem damit hatte, dass wenige Monate zuvor der Inhaber plötzlich verstorben , sein Sohn, der in den USA studierte, noch nicht fertig war und jetzt jemanden suchte, der den kaufmännischen Bereich managen konnte, wenigstens bis der Sohn wieder in Deutschland war.

Werner merkte nachdem er etwa eine Stunde mit der Frau des Inhabers und den zwei Ingenieuren, die den Technikbereich unter sich hatten, gesprochen hatte, dass man sich verstand. Nach einer weiteren Stunde vereinbarte man für die darauffolgende Woche ein weiteres Treffen. Daraufhin absolvierte er noch die restlichen Vorstellungsgespräche und fuhr dann nach Hause, um zu berichten, dass er demnächst nach Norddeutschland übersiedeln werde, denn sein Entschluss stand fest, er wollte dort seine erste Stelle antreten. Seine Eltern und seine jüngste Schwester taten entsetzt:" Wie kannst Du bloß zu so einer Klitsche gehen? Du hast doch alle Möglichkeiten, geh' zu einem großen Konzern und nach einiger Zeit machst Du dort eine sichere Karriere!" Er wartete eine Weile ab bis sich alle beruhigt hatten, dann sagte er zu seiner Schwester:

„Du hast doch auch Latein und Griechisch gelernt und kannst Dich doch sicherlich an das große Wort von Caesar erinnern, als er auf seinem Weg nach Spanien in dem kleinen Dorf, das er mit seinen Gefährten durchqueren musste, zu denen sagte:

„Lieber hier der Erste, als der Zweite in Rom."

„Dir geht es also nur um die Macht?"

fauchte sie ihn an.

„Ja, und ich werde sie bekommen – auf meine Art" antwortete er gelassen.

Seitdem er diese Auseinandersetzungen führen musste, waren nun doch schon einige Jahre vergangen und er befand sich mitten in seinem dritten Engagement. Er wählte bewusst diesen Begriff, wenn er über seine vita sprach, denn auch der Geschäftsführer eines Unternehmens ist auf seine Art ein Künstler – artifex sui generis – der über alle Eigenschaften verfügt, die auch ein Maler, Bildhauer oder Musiker haben muss. Gemeinhin unterscheidet die

Gesellschaft zwischen den handwerklich, den musisch, den mathematisch und vielen anders Begabten. Dabei vollbringt jemand, der ein Musikstück womöglich auswendig spielt oder aus einem Steinblock eine Skulptur werden lässt doch in erster Linie eine geistige Leistung. In völliger Ignoranz spricht man dann oft in verächtlicher Form von einem „Künstler", wenn ein Mensch einen Hang zur Lebens-Untüchtigkeit hat und nichts gebacken kriegt.

Werner hatte das Glück, in seiner ersten Anstellung einen alten Fahrensmann kennenzulernen, der schon „ewig", wie es schien, im Unternehmen und so etwas wie die Graue Eminenz geworden war. Sein Alter war schwer zu schätzen, er musste aber wohl schon vor einiger Zeit dort angelangt sein, von wo ab man gemeinhin Rente bezieht, denn er erzählte schon mal Anekdoten „aus der Zeit, als ich noch dem Kaiser zujubelte".

Er war Buchhalter, „Bilanz-Buchhalter, so viel Zeit muss sein" fügte er gelegentlich hinzu, wenn er jemandem vorgestellt wurde und sich nicht genügend respektiert fühlte. Er wusste so ziemlich alles über das Unternehmen und seine Geschichte. Im zweiten Weltkrieg wurde er nicht eingezogen, weil ihm eine Verwundung aus dem Ersten Krieg, wie er sagte, noch zu schaffen machte, so dass er auch über diese Zeit Bescheid wusste. „Wir waren damals Unterlieferant der Rüstungsfabrik eines Wehrwirtschaftsführers", er rümpfte die Nase, als wäre ein schlechter Geruch in der Luft, „aber wir haben niemals Zwangsarbeiter beschäftigt. Der „Alte", womit er den verstorbenen Firmengründer meinte, „hat lieber das ganze Dorf ‚aus dem er stammte und das halbe Nachbarkaff dazu angeworben und sich mit denen rumgeärgert, als dass er sich mit diesen Nazi-Verbrechern eingelassen hätte."

Er hatte wahrgenommen, dass Werner diese Bemerkung gerne hörte und unterhielt sich in der Folgezeit viel lieber mit ihm. Eines Tages fragte er ganz unvermittelt, als Werner mit einer Frage zu ihm gekommen war und er diese beantwortet hatte, „... und hat sich ihre kleine Schwester inzwischen mit der Wahl Ihres Arbeitgebers abgefunden?" Werner war völlig überrascht und dachte nach, woher der alte Bohnen von der Meinung seiner Familie wusste. Der konnte sich vorstellen, was Werner dachte und beugte sich ein wenig zu ihm vor, wobei er den Kopf leicht nach rechts und links drehte, als wollte er sich versichern, dass keiner zuhört, um dann seine Stimme ein wenig abzusenken, so dass die Szene an ein konspiratives Gespräch aus einem Verschwörer-Film erinnerte. „Da hast

Du wohl ganz im Vertrauen jemand etwas erzählt?" Das vertrauliche 'Du' zeigte Werner, dass ihn der andere mochte und verstärkte noch die geheimnisumwitterte Atmosphäre: „Merk Dir eins: Du darfst im Geschäftsleben nie jemandem vertrauen. Das ist da so, wie in der Politik. - Du bist doch Reserveoffizier. Spätestens da müsstest Du doch gelernt haben, dass alle Loyalität dort endet, wo sie mit den eigenen Interessen kollidiert. Sie ist nie eine one way road. Es sei denn sie führt in Deine Richtung. Merk dir das, auch wenn ich mal nicht mehr da bin."

Am nächsten Morgen kam Bohnen nicht ins Büro. Im Laufe des Vormittags rief seine Tochter an und berichtete, dass ihr Vater „in den frühen Morgenstunden einem Herzinfarkt erlegen" sei, wie es auch später in der Todesanzeige hieß. Werner wurde sehr nachdenklich, als er an ihr letztes Gespräch dachte und beschloss, seinen Ratschlag als sein Vermächtnis anzunehmen.

Während dieser Reminiszenz hatte das Aprilwetter draußen wieder mit dicken Wolken die Sonne verhüllt. Große, schwere Tropfen fielen zu Boden, die dort auf dem Gehweg in schwarze, ausgefranste Flecken übergingen, um sich dann auf einmal in große, nasse Schneeflocken zu verwandeln. Werner liebte eigentlich die Abwechslung, aber wenn es um solche Wetterkapriolen ging, empfand er in erster Linie Unbehagen. Er mochte es lieber, wenn man das, was geschah, mit einer gewissen Wahrscheinlichkeit, zwar nicht unbedingt voraussagen, aber doch wenigstens erahnen konnte.

Maria kam herein und eröffnete ihm den neuen Zeitplan für den laufenden Tag. Eigentlich war der Beginn der Besprechung, an der Werner, Fritz und die beiden Konzern-Vorstände Dr. Scheuermann und Dr. Bolz teilnehmen sollten für acht Uhr festgesetzt. Maria berichtete aber, dass sich das Ganze um etwa zwanzig Minuten verzögern würde, weil Fritz noch etwas mit den beiden unter sechs Augen zu besprechen hätte.

Werner ahnte, was da vor sich ging. Zwar wechselte die Agenda des heutigen Tages auch ständig ihr Gesicht, war sozusagen „wetterwendisch" aber im Gegensatz zum Wetter waren diese Vorgänge einigermaßen vorhersehbar gewesen.

Sein Eheleben hatte allerdings nach so vielen Jahren harmonischem Zusammenleben einige Monate zuvor eine dramatische Wende genommen, die er auch nicht im Entferntesten erahnt hatte und nicht daran glauben wollte, bis er absolute Gewissheit hatte.

Er hatte seine Frau Brigitte gleich zu Beginn seines Studiums kennengelernt, als sie beide vor dem Studentensekretariat warteten, um sich einzuschreiben. Da es noch einige Zeit vor Semesterbeginn war, standen noch keine Warteschlangen auf dem Flur. Die Atmosphäre war entspannt und der Kreis der Wartenden wurde rasch kleiner. Als Werner schließlich meinte er sei an der Reihe, trat auch Brigitte vor und schaute ihn recht unfreundlich an. Er trat zur Seite verneigte sich und sagte:"Bitte, schöne Frauen haben immer den Vortritt." Sie warf den Kopf in den Nacken und ihm einen verächtlichen Blick zu und trat vor. Sie hatte eine dicke Mappe unter dem Arm, aus deren Aussehen Werner auf eine Künstlermappe schloss. Und in der Tat wollte sie das unhandliche Ding öffnen, nachdem sie ihre Personalien angegeben und ihre Zeugnisse vorgelegt hatte. Doch die Sekretärin winkte ab:
„Nein, nein die brauchen sie jetzt noch nicht."
„Aber ich habe mich doch für schwarz/weiß Zeichnen als Wahlfach eingeschrieben."
„Jetzt warten Sie erst einmal ab, ob Sie überhaupt einen Atelierplatz kriegen, dann sprechen Sie mit einem der Professoren und dem zeigen Sie dann das, was in der Mappe ist."
Ein wenig frustriert drehte sich Brigitte um und

wollte das Büro verlassen. Dabei stand sie auf einmal Werner gegenüber, der hinter ihr gewartet hatte. Ihre Blicke trafen sich und zwangen beide zu einem kurzen Lächeln. Brigitte ging die Treppe hinab, während Werner sich an den Sekretariatsschreibtisch begab, um der dort sitzenden Mitarbeiterin seine Unterlagen vorzulegen. Er hatte alles wohlgeordnet dabei, so wie er es vom Militär her gewöhnt war. „Endlich mal wieder einer, der alles beieinander hat und auch noch geordnet", sagte die Sekretärin, nahm die Kopien, die er kurz zuvor auf einem Kopierautomaten, der in einem Seitenraum stand und auf Normalpapier druckte, angefertigt und sie gegen seine auf Transferpapier mitgebrachten ausgetauscht hatte, lochte sie und heftete sie in seiner Studienmappe ab. Er bekam sein Studienbuch, und den Studentenausweis, den sie fix ausgefüllt und sein Passbild eingeklebt hatte. Jetzt war er also Student, ganz in Zivil, Ohne Schulterklappen und ohne silbernem Pickel.

Er ging langsam die Treppe hinunter, empfand, dass eine neue Ära für ihn angebrochen war und versuchte sich vorzustellen, wie das wohl sein würde im Hörsaal zu sitzen und den Ausführungen der Professoren zu lauschen.

Er wusste noch nicht, dass es jedes Mal vor

Vorlesungsbeginn ein Hauen und Stechen um die Plätze an den Tischen geben würde und man oft froh sein musste, auf den Fensterbänken oder Treppen noch einen Platz zu finden, wo man sich wenigstens auf den Knien ein paar Notizen machen konnte.

Für's erste war er erst einmal glücklich, es so weit geschafft zu haben. Er verließ das Unigebäude durch die Halle des alten Schlosses, in dem die alma mater untergebracht war. An der Seitenwand war dort ein Sandsteinrelief angebracht, auf dem in Stein gemeißelt stand: MENS AGITAT MOLEM. Wie ihm später ein alter Professor sagte, soll während der Nazizeit dort gestanden haben: „Dem deutschen Geiste". Erst Jahre später erfuhr er, dass dieser Professor in der Zeit der Weimarer Republik einer der ganz renommierten Wirtschafts-Wissenschaftler war, den die Nazis aus dem Land gejagt hatten und der trotzdem wieder zurückkehrte, um seinem Lehrstuhl wieder zu altem Glanz zu verhelfen, was ihm auch nachdrücklich gelang.

Als Werner auf den großen Platz vor dem Schloss trat sah er gegenüber Brigitte auf sich zu kommen. Sie kam wohl aus der Uni-Bibliothek. Es mochten gut fünfzig Meter sein, die sie entfernt war. Er betrachtete sie und wie ihre Beine von ihrem Rock, der ihrem leichten

Wiegeschritt folgte, umspielt wurden. Sie hatte ihn wohl erkannt, denn sie winkte ihm zu. Er schaute sich kurz um, um sicher zu sein, dass er auch gemeint war, dann winkte er zurück und ging ihr ein paar Schritte entgegen.

„Sie haben sich wohl schon mit einem Leserausweis versorgt", sprach er sie an, „das ist ja vorbildlich."

„Woher wissen Sie das?"

„Ich habe Sie beobachtet, der Rest ist kriminalistischer Spürsinn, schließlich war ich jahrzehntelang Detektiv."

„Jahrzehntelang? - Da haben sie ja schon angefangen, als Sie noch auf Wolke 17 saßen."

Sie mussten beide lachen und er fand ihr Lachen sehr herzlich und offen. Auch bei ihr sah man, dass sie ihn sympathisch fand, denn sie wollte den Blick nicht von ihm wenden als seiner ihre Augen suchte. Sie standen sich dann noch eine Weile wortlos gegenüber bis er sagte: "So jetzt muss ich los, dass ich noch reinkomme, bevor die Mittagspause machen."

„Soll ich mitkommen? Ich kenne mich jetzt ja schon aus und kann Ihnen alles zeigen. Sie müssen dann Ihre kriminalistische Kombinatorik nicht bemühen."

„Oh ja gern – und anschließend können wir vielleicht das Essen in der Mensa testen."

Sie war einverstanden und sie gingen los. Die Formulare für die Bibliotheks-Nutzerkarte waren schnell ausgefüllt, er steckte sie zum Studentenausweis, legte, wie unbewusst seinen Arm um ihre Schulter und strebte mit ihr zum Ausgang.

Das Essen in der Mensa war noch miserabler, als sie sich das vorgestellt hatten. Werner dachte erleichtert daran, dass es im Wohnheim auf jedem Stockwerk eine Gemeinschaftsküche gab. Während seiner Bundeswehrzeit hatte er sich ein wenig das Kochen beigebracht, um sich auf seinem Zimmer ab und zu etwas zubereiten zu können, wenn er dem blöden Geschwätz im Offiziers-Casino entgehen wollte.

Er wartete bis Brigitte ihr Dessert aufgegessen hatte, das aus einem zu Tode gekochten Früchtekompott bestand, auf das er gerne verzichtete. Als sie das Gebäude verließen, schien die spätsommerliche Sonne so, als wollte sie noch einmal zeigen, was sie kann.
„In anderen Regionen denkt man in dieser Zeit schon an die Freuden des Winters. in dieser Flachland-Region gibt es die aber nicht; hier stehen uns ein paar Monate mit nasskaltem Schmuddelwetter und schmutzigem, kurzlebigem Schnee bevor," nahm Brigitte das Gespräch wieder auf.
„Dann müssen wir halt die Tage drinnen verbringen." entgegnete Werner.

„Ein russischer Schriftsteller würde das vielleicht so beschreiben: 'Auf dem gusseisernen Ofen summte der Samowar, er goss von dem nach eingefangener Sonne duftenden Tee in die Schalen, brach zwei Stücke Kandis ab, verteilte sie in die Schalen und goss diese mit dem heißen, dampfenden Wasser auf, wobei der Kandis geheimnisvoll knisterte."

„ Sie sind ja ein Romantiker," rief Brigitte freudig aus; „ich werde sie an den Tee erinnern, wenn es Winter ist."

„Dann werde ich schon mal rechtzeitig Tee einlagern," erwiderte Werner und merkte gar nicht, dass sich schon nach kurzem kennenlernen Pläne für eine verhältnismäßig ferne Zukunft machten.

„Übrigens - ich habe mich für Kunstgeschichte eingeschrieben und Sie sich vermutlich für – lassen sie mich raten – für Slawistik und Sport," Werner musste lachen:" Wie kommen Sie denn darauf?"

„Nun ja, Sie erzählen im Stil von Russen und sehen aus wie ein Olympionike."

Werner wurde etwas verlegen und glaubte fast rot zu werden. Schnell versuchte er von sich abzulenken:

„Sie haben bestimmt als Wahlfach noch Zeichnen oder Malen oder so was Ähnliches dabei."

„Das haben sie mit ihren detektivischen Fähigkeiten messerscharf an der Mappe erkannt.

Denn alle Künstler haben so eine dabei, wenn sie ihre Probearbeiten zeigen wollen."

„Das schon, aber ich habe das auch an ihren schönen Händen erkannt; sie haben eben unverkennbar Künstlerhände."

Werner verstummte jetzt ganz schnell, ohne die Wirkung seiner Komplimente abzuwarten, denn da war wieder die Urangst, abgewiesen zu werden, sich vielleicht lächerlich gemacht zu haben. Bei all den anderen, denen er in nachpubertärer Zeit begegnet war, hätte ihm das nichts ausgemacht, bei ihr aber … er wusste nicht, was mit ihm los war; rasch murmelte er nur noch: „ich muss los." und rannte in Richtung der nächsten Straßenbahn-Haltestelle.

Die Universität gehörte nicht zu den großen Masseneinrichtungen dieser Art. Deshalb war vorprogrammiert, dass sie sich früher oder später wieder über den Weg laufen würden. Dies geschah auch nach ein paar Tagen. Nach einem kurzen Small-Talk lud er sie in kleines Café ein, das im Schatten der modernistischen Ergänzungsbauten lag, die man dem Schloss angetan hatte, weil die Uni nun doch zu expandieren begann.

Die Semesterferien waren noch nicht zu Ende, noch ruhte der eigentliche Universitätsbetrieb. Sie hatten deshalb viel Zeit und erkundeten die für beide noch unbekannte Stadt. Sie bummelten zunächst durch die Umgebung der Universität und stellten fest, dass die für sie relevanten Hörsäle und Seminarräume teilweise weit auseinander lagen. Zuvor wollte sie von ihm endlich wissen, für welches Studium er sich eigentlich eingeschrieben habe. Als er es ihr sagte, gab sie sich so, als wäre sie regelrecht beleidigt:

„Jetzt bin ich aber enttäuscht, dass es nicht Slawistik ist und nicht Sanskrit oder wenigstens Sinologie, stattdessen ist es die banale BWL."

„Und warum machen Sie kein Schauspiel-Studium?" fragte er sie,

"Ich habe dazu nicht das Talent."

„Um die Beleidigte zu spielen ist es aber mehr als ausreichend."

Sie mussten beide herzlich lachen und jeder fand das Lachen des Anderen sehr sympathisch. Nach einiger Zeit hatte sie genug von ihrem Stadtbummel und weil sie auch von Werner annahm, dass er nicht ewig weiterlaufen wollte, schlug sie vor, doch irgendwo etwas zu trinken.

„Und wo?" fragte er.

„Wir könnten zu mir gehen. Ich habe hier in der Nähe ein kleines Appartement. Wenn Sie keine Angst vor mir haben – ich habe zwar keinen Samowar, aber einen exzellenten Tee, den mir mein Vater von Bewley's aus Dublin mitgebracht hat. Werner war beeindruckt von ihrer

56

Unbefangenheit und auch von dem offensichtlichen Vertrauen, das sie ihm entgegenbrachte.

„ Ich komme gerne mit – allerdings unter einer Bedingung."

„Welche wäre das?"

„Dass wir Du zueinander sagen, ich heiße Werner."

„Okay, Brigitte."

„Sie stammt offensichtlich aus einer wohlhabenden Familie," dachte Werner, als er ihr chic eingerichtetes Domizil betrat.

Der Nachmittag war schon deutlich vorgerückt, als Brigitte den Wasserkocher einschaltete. Werner monierte zum Spaß, dass es sich um ein britisches Modell handele und ob das wohl zum irischen Tee passe. Brigitte ging auf den Scherz ein und stellte in Frage, ob sich denn dann wohl alles mit den französischen Tassen vertrage und auch mit dem deutschen Wasser. Sie blödelten noch eine Weile weiter und merkten dabei, dass ihr Humor von der gleichen Sorte war. Werner war aufgestanden und ans Fenster getreten. Während er hinausschaute fiel ihm auf, in welch gepflegter Umgebung das Haus stand.

„Keine billige Gegend",

ging es Werner durch den Kopf. Unvermittelt fragte er Brigitte:

„Hast du noch Geschwister?"

„Ich hatte noch einen Bruder---,aber der ist mit zwölf in der Ostsee ertrunken. Ich war damals neun."

Es entstand eine Gesprächspause, weil Brigitte offenbar nicht weiter darüber sprechen wollte und Werner nicht so recht wusste, was man in so einer Situation sagen soll. Da kam auf einmal eine Frage aus ihm heraus, die in dieser Situation nicht dümmer hätte sein können:

„War das Ostsee ost oder Ostsee west?"

„Seh' ich aus als käme ich aus der Zone oder hältst du mich für eine Rucksackdeutsche, womöglich aus der heutigen Polakei?"

Werner war da knöcheltief ins Fettnäpfchen getreten. Die Stimmung ging in den Keller, ohne dass Werner so genau wusste warum. Jedenfalls hielt er es für besser, den Tee auszutrinken und sich dann vom Acker zu machen. Er verabschiedete sich mit einem Küsschen auf Brigittes Wange, das sie geschehen ließ, so dass Werner in diesem Moment wieder Hoffnung hegte, dass sich die Dinge noch einmal ins Lot bringen ließen.

Er war wieder ganz in seine Erinnerungen weggetaucht, als Maria erneut in sein Büro kam, dessen Tür er einen Spalt offen gelassen hatte, um mitzubekommen, was draußen geschah. Als Sekretärin, die sie jetzt wieder war, ganz geschäftsmäßig und ohne Vertraulichkeiten, legte sie ihm ein Memo vor, das ihre Kollegin Sybille Schön „im Auftrag ihres Herrn", wie sich Maria auszudrücken pflegte, verfasst hatte.

Die beiden Vorzimmerdamen mochten sich nicht. Das lag vor allem daran, dass Maria von der Schön nicht als vollwertige Kollegin angesehen wurde, denn Sybille hatte schließlich nicht nur eine kaufmännische Ausbildung, sondern zusätzlich noch eine private Sekretärinnen-Schule besucht. Sie pflegte den, wie Werner es nannte, „typischen internationalen Vorzimmer-Stil". Alles an ihr war ein bisschen „zu":
Die Röcke zu kurz, die Hosen zu eng, die Blusen einen Knopf zu weit offen, die Absätze zu hoch das Parfum zu süß und das ganze Gehabe zu affektiert.

Das Memo enthielt die gleiche Agenda wie zuvor, jetzt aber mit dem Zusatz „Verschiedenes" und darunter der Punkt „Klärung offener Fragen – hier: Buchhaltung".

Werner lächelte Maria zu, so gut es ihm gelingen wollte und sagte:
"Dann geht es jetzt also los." Sie wusste erst seit wenigen Tagen, was er damit meinte, obwohl ihr schon seit etwa drei Wochen aufgefallen war, dass irgendetwas im Busch ist. „Es wird jetzt aber auch Zeit", dachte Maria und

hoffte auf ein reinigendes Gewitter, so wie es sich gerade draußen ankündigte, wo sich der Himmel verfinsterte und heftige Windböen jaulend um das Haus strichen. Obwohl man solche Wetterkapriolen um diese Jahreszeit immer wieder erlebte, war man jedes Mal aufs Neue überrascht, wie heftig die sich austobten.

„Da können wir ja froh sein, dass wir es hier drin warm und trocken haben," versuchte Werner das 'Raumklima' etwas aufzulockern.

Zuvor waren da die vielen Abende, an denen Maria ging, solange er noch im Büro war. Auf ihre regelmäßige Frage: "Kann ich noch etwas für Sie tun?" kam stets die regelmäßige Antwort: „Nein danke, ich wünsch' Ihnen einen schönen Feierabend."

Gleichzeitig verschlechterte sich die Stimmung in der Geschäftsführung immer mehr. Werner und Fritz sprachen nur noch das Nötigste miteinander. Kaum, dass sie noch die Lippen für ein „guten Morgen" auseinanderbrachten.

So rätselhaft für sie ging das bis etwa vor einer Woche zu. Er bemerkte da ihre fragenden Blicke und eine gewisse ständig zunehmende Unsicherheit. Deshalb fragte er sie, ob er sie mal wieder zum Essen einladen dürfe. „Gleicher Ort, gleiche Zeit wie jedes Jahr ?", fragte er. Sie nickte und ging an ihren Schreibtisch, um eine Reservierung für den Abend vorzunehmen. Er hatte sie zwar immer wieder einmal eingeladen, die Einladungen zum Jahrestag ihres ersten dates pflegten sie aber wie ein kleines Ritual.

Werner war dieses Mal zu ihr hin gegangen, hatte sich zu ihr über ihren Schreibtisch gebeugt und mit abgesenkter Stimme geraunt:

"Ich muss dringend mit Ihnen sprechen. Das dauert aber wohl etwas länger. Haben Sie heute Abend ein wenig mehr Zeit, als man für ein reines Essen braucht ?" Maria war geschiedener Single, so dass es ihr leicht fiel „Ja" zu sagen.

Es erschien ihm wie eine Einladung zu einem blind date der anderen Art, was bedeutet, dass sich die Teilnehmer zwar kennen, aber keiner weiß, wie der Abend eigentlich verlaufen soll. Er wusste allerdings ganz genau, dass jetzt der Zeitpunkt gekommen war, zu dem er sie ins Vertrauen ziehen musste.

Sie nahmen für die kurze Strecke ein Taxi, da es fast schon zur Tradition ihrer abendlichen Essen gehörte, dass das Wetter unberechenbar war, denn die meisten fanden im April statt. Das lag vor allem daran, dass in dieser Zeit die Bilanzen erstellt waren, die jetzt mit den Vorstandsmitgliedern besprochen werden mussten. Als sie ihre reservierten Plätze eingenommen und bei Francesco bestellt hatten, prostete er ihr mit seinem Aperitif zu und fragte Sie:

„Sagt Ihnen der Name Macchiavelli etwas"?

„Ja natürlich, der Zweck heiligt die Mittel."

„Meistens wird er auf diesen Satz reduziert," erwiderte Werner, „aber das ist viel zu kurz gegriffen, er hat in Wirklichkeit viel mehr gesagt und geschrieben. Sicherlich war er eine schillernde Figur, die viel Provozierendes an sich hatte, in einigen seiner Äußerungen hat er sich auch widersprochen, wobei man ihm dabei zugute halten muss, dass er stets bereit war, dazu zu lernen. Er hat seine Erkenntnisse aus seinen Erfahrungen gewonnen und nicht versucht, das richtige Leben einer Ideologie zu unterwerfen. Deshalb haben wir ihm einige unverbrüchliche Wahrheiten zu verdanken. Dass der Zweck die Mittel heilige, wird meistens als das zynische Verhalten sogenannter Machtmenschen verstanden und der Begriff „Macht" mit negativen Attributen versehen. Dabei wird regelmäßig übersehen, dass auch derjenige, der Gutes bewirken will, die Macht haben muss, dieses durchzusetzen."

„Halten Sie mir jetzt eine politisch-moralische Vorlesung.?" unterbrach ihn Maria.

„Nein, denn erstens würde dazu der Abend nicht reichen und zweitens sind das einige Vorbemerkungen zu dem, was ich ihnen eigentlich sagen will."

„Okay, ich gehe dann wieder auf Empfang. Sie können weiter senden."

Eine wichtige Aussage Macchiavellis ist für mich: „Die Menschen urteilen im Allgemeinen nach dem Augenschein, nicht mit den Händen. Sehen nämlich kann jeder, verstehen können wenige. Jeder sieht, wie du dich gibst, wenige wissen, wie du bist."

Er machte eine kurze Pause und fuhr dann fort: "Wir arbeiten doch jetzt schon eine ganze Zeit lang zusammen, weiß ich denn jetzt wirklich, wer Sie sind oder wissen Sie, wer ich bin?"

„Ich glaube, ich weiß das allmählich schon" - und nach einer kurzen Pause: „nehme ich an."

„Halten Sie mich für einen Machiavellisten?" fragte er weiter. Und Maria, der die Frage unangenehm war, wurde immer leiser, sie flüsterte fast:

"Nein dazu haben sie ein viel zu gutes Herz."

Sie mussten beide lachen, denn wenige Tage zuvor, hatte er ihr erzählt, dass sein Hausarzt leichte Herzrhythmusstörungen festgestellt und ihn zum Kardiologen überwiesen hätte. Der habe das bestätigt, ihm Digitalis verordnet und gesagt: „Ihr Herz war auch schon mal besser."

Er fragte Maria weiter und sie merkte nicht, dass er sie regelrecht aushorchte, wie denn die Stimmung im Unternehmen so allgemein sei, ob die Mitarbeiter ihm vertrauen und ob auch er allen trauen könne. Natürlich hatte er sich schon längst ein Bild von all' dem gemacht, wollte sich aber trotzdem noch einmal davon überzeugen, dass er die Lage richtig einschätzte. Diese Vorgehensweise entsprang noch seiner Offiziersausbildung: Man kann die Lage nicht oft genug überprüfen, bevor man angreift. Auf einem Lehrgang, den ein im Pulverdampf ergrauter Oberst, ein alter Haudegen „Halsträger", also mit dem Ritterkreuz dekoriert, zum Thema „Strategie und Taktik des militärischen Angriffs", geleitet hatte, lernte er, dass man stets und immer mit Hinterhalten rechnen müsse und deshalb gerade unter dem Adrenalinschub der Vorwärtsbewegung, dies nie vergessen dürfe.

„Der bösartigste Hinterhalt, in den ihr geraten könnt, ist der, den ihr Euch selbst legt, indem ihr nicht die nötige Umsicht walten lasst. Niemand ist feige, der nicht einfach weiter rennt, sondern immer das Gehirn eingeschaltet hält."

Werner war dieser Mann in jenen Tagen, in denen er seinen Angriff plante, dauernd präsent vor seinem inneren Auge. Interessant war für ihn auch das, was Maria ihm ab und zu erzählte.. Wenn er die Stimmen, die sie gehört hatte, zusammenfasste, dann ergab sich die Frage:

„Heißt das nun, dass mich die Belegschaft für ein Weichei hält, von dem keine Gefahr ausgeht und der sich, wenn es darauf ankommt, auf der Nase herumtanzen lässt.?"

Maria schwieg eine Weile und stocherte in der Avocadocreme herum, die zu ihrer Vorspeise gehörte.

„Ganz so drastisch möchte ich das nicht formulieren, aber so ein wenig geht das schon in die Richtung."

„Dann haben wir den Feind sich doch schön in Sicherheit wiegen lassen. Er ist offensichtlich nicht vorbereitet und hat sich damit gleichsam selbst eine Falle gestellt. Sie hat den Namen 'Sorglosigkeit'."

„Schon seit Wochen machen Sie irgendwelche Andeutungen; ich versteh das alles nicht. Würden Sie mich bitte einmal aufklären?"

Maria war ein wenig gereizt, denn sie kam sich schon die ganze Zeit so vor, als hätte man ihr die Augen verbunden und die Ohren verstopft.

„Aufklären muss ich sie ja wohl nicht mehr. Ich nehme an, sie sind schon konfirmiert."

„ Ich bin katholisch", sagte sie trotzig.

„Dann wird es ja höchste Zeit - also genau deshalb sind wir hier, wo uns keiner aus der Firma sehen und hören kann."

Nach einer Pause nahm er das Gespräch wieder auf:

„Ich weiß dass Fritz die Berichtszahlen manipuliert. Zum Einen zu Gunsten der

Geschäftsbereiche, die er zu verantworten hat und zum Anderen zu Ungunsten meiner Bereiche. Dabei habe ich sowieso schon die alten, wenig attraktiven Teile unter meine Fittiche nehmen müssen, weil er ja Sprecher der Geschäftsführung ist und daraus auch das Recht ableitet, bei der Aufgabenverteilung den ersten Zugriff zu haben. Er hat sich die neuen, zukunftsträchtigen Geschäftsfelder genommen. Sein Fehler war dabei allerdings, dass er mir den Bereich Verwaltung mit Rechnungswesen und Controlling überließ."

„Dafür hat er sich dann Forschung und Entwicklung genommen," warf Maria ein."Das ist doch viel attraktiver für eine Karriere im Konzern".

„Das könnte man meinen. Aber wie reagierte die Betonbranche, als sie wegen der aus diesem Material sehr oft entstehenden Brutal-Architektur heftig kritisiert wurde? -   'Beton ist das, was man draus macht' Und so sind auch meine Geschäftsfelder das, was ich daraus gemacht habe. Dank der EDV ist zum Beispiel aus der klassischen Buchhaltung ein modernes Rechnungswesen geworden, das alles, was im Unternehmen geschieht in Zahlen widerspiegelt, kurzum das ganz umfassende Informationssystem, dem nichts verborgen bleibt. Wir haben ein modulares EDV- System, das in einem dieser Module die

Buchhaltungszahlen, die für Nicht-Buchhalter nur schwer zu lesen sind, in eine kurzfristige Erfolgsrechnung umsortieren, in der man auch sogenannte statistische Buchungen vornehmen kann, ohne damit die wirklichen Zahlen und Auswertungen zu beeinflussen."

„Das ist also, so eine Art Nebenrechnung mit eingebautem corrige la fortune?"

„Das klingt zwar hart, aber genau das kann die Auswirkung sein. Aber wie immer, wenn man lügt und betrügt, muss man ein gutes Gedächtnis haben und das Metier beherrschen, in dem man sich da bewegt."

„Soll das heißen, dass Fritzchen da bestimmte Defizite hat?"

„Bitte nicht so despektierlich, der Herr Baron ist schließlich einer Ihrer Chefs," antwortete Werner mit deutlich hörbarer Ironie in der Stimme und fuhr fort: „Er kam doch, wie allgemein bekannt, von einem Staatsbetrieb. Dort basiert das Rechnungswesen seit Karl dem Großen auf den Prinzipien der Kameralistik und die kennt keine Gegenbuchungen. Dort konnte er einfach die Zahlen beliebig manipulieren, ohne dass er Spuren der Maßnahmen hinterließ. Bei jedem gewerblichen System muss aber eine Gegenbuchung vorgenommen werden und wenn der Buchende sie nicht selbst veranlasst, führt sie das System von sich aus durch und spricht ein Sammelkonto an, das in diesem Fall zu einem großen unstrukturierten Zahlenfriedhof wird".

„Kann man das nicht ändern?", fragte Maria.

„Wir sind dran. Zur Zeit arbeiten die Programmierer mit Hochdruck, um diesen Zustand zu verbessern. Einen von den Kerlen hat Fritz mit Hilfe einer Gehaltserhöhung dazu gebracht, ihm zu erklären, wie man buchen muss, um die Ergebniszahlen für das Controlling zu verändern. Das mit der Gegenbuchung und dem Sammelkonto hat er allerdings so verstanden, dass da ein undurchdringlicher Zahlendschungel entsteht, den niemand würde auflösen können. Er lebte noch in der Welt der Lochkarten-Computer und hatte den Anschluss in die moderne EDV-Welt verpasst, in der sich die Weiterentwicklungen innerhalb weniger Monate vollzogen, während sie früher teilweise Jahre in Anspruch genommen haben. Außerdem gab es in der Firma von der er gekommen war, für alles, was mit Computern zu tun hatte Spezialisten, die für den sauberen Ablauf zu sorgen hatten und bei denen man die Auswertungen, die man brauchte, bestellen konnte.

Ich konnte dagegen mit der beiden IBM, der / 34 und der/36 umgehen, von denen eine mit den technischen Programmen läuft und die andere dem kaufmännischen Bereich vorbehalten bleibt. Die einzige Hürde war der Passwortschutz."

Werner machte eine Pause und nippte an seinem Glas.

„Ich hatte aber einmal mitbekommen, dass die Schön die Passwörter verwalten musste, weil sich Fritz die nicht merken konnte. Ich habe mich deshalb entschlossen an einem Tag, an dem ich länger zu tun haben würde, so lange zu bleiben bis alle gegangen wären, um dann mit meinem Generalschlüssel in das Vorzimmer von Fritz zu gehen und einmal zu schauen, ob sich dort möglicherweise ein Hinweis auf die Schlüsselwörter bzw. auf entsprechende Zahlencodes finden ließe. Ich wartete bis letzte Woche einen Tag ab, an dem wenig los war. Erfahrungsgemäß machen doch da alle rechtzeitig Feierabend, so dass am frühen Abend der Flur wie ausgestorben da liegt." Maria nickte. Werner fuhr fort: „Ich betrat, ohne dass mich jemand gesehen hat, das Vorzimmer, in dem der Schreibtisch der Schön steht. Ich brauchte nicht zu suchen, denn das erste Versteck, das ich anging, gilt ja als vollständig sicher, 'das ist so einfach, da sucht garantiert keiner', ist doch die Meinung fast aller Sekretärinnen."

„Meine aber nicht, so blöd bin ich nicht, warf Maria ein."

„Aber das weiß ich doch. Ich hob also vorsichtig die Schreibunterlage hoch, um die geheimnisvolle Ordnung, die gemeinhin in solchen Geheimarchiven herrscht, nicht zu zerstören. Es bedurfte nur eines kurzen Blickes und ich hatte den gesuchten Zettel in der Hand.

Ich fand ihn unter allerhand Notizzetteln mit Telefon-Nummern, Namen und allem möglichen, was nicht vergessen werden sollte. Dort waren aufgelistet 'Chef' und 'ich' sowie 'Console'. Dahinter stand jeweils eine sechsstellige Ziffer. „Ich habe fast 'Heureka' gerufen, wie einst Archimedes. Und so fühlte ich mich auch.

Dann legte ich die Schreibunterlage und das, was darunter lag wieder genau so hin, wie die Teile lagen, als ich in das Büro eindrang."

Selbst jetzt noch, während er von seinem Vorgehen erzählte musste er sein Triumphgefühl unterdrücken, um in der Euphorie nicht jetzt noch, da er kurz vor dem Ziel war, einen Fehler zu machen. Obwohl er innerlich jubelte: 'Jetzt kann ich angreifen, jetzt habe ich ihn im Sack,' sagte er in ruhigem sachlichen Ton:
„Und morgen ist der entscheidende Tag. Er legte - was er noch nie getan hatte – seine Hand auf die ihre und sagte: „Unser D-DAY!"
Er konnte auch jetzt noch kein schlechtes Gewissen empfinden, wenn er meinte, dass er eigentlich auf unredliche Weise an die Informationen gekommen ist; schließlich war es ja ein Einbruchdiebstahl aus einem Raum, den er schon aus Ressort-Respekt ohne Fritz oder Schön nicht hätte betreten dürfen. Er sagte sich

aber, dies sei eine Kriegslist und dachte an Odysseus. Dem warfen weder seine Zeitgenossen noch die ihnen folgenden antiken Helden, noch die ganzen Heerscharen von Altphilologen, die seit Jahrhunderten die Odyssee im griechisch-Unterricht durchnehmen, unredliches Verhalten oder gar arglistige Täuschung vor. Ihn feierte man als den Listenreichen. Meistens wird aber vergessen, dass er sich dadurch Poseidon zum Feind machte, der ihn dann zehn Jahre lang nicht nach Hause zurückkehren ließ. Werner ließ sich nicht von der Furcht vor göttlicher Rache beeindrucken. Er wusste jetzt, dass er den Krieg gewinnen würde. Dieser Freitag übermorgen sollte für Fritz der schwarze Freitag werden, sein großer Crash.

Aber dann fiel ihm wieder das belastete Verhältnis zu Brigitte auf die Seele und beendete seine schwarzen Gedankenspiele. Seit sie sich kannten und erst recht seitdem sie geheiratet hatten, empfand er nicht nur Liebe für sie, sondern sah in ihr den einzigen Menschen, dem der bedingungslos und ohne jeden Zweifel in jeder Hinsicht vertrauen konnte. Er fragte seine Frau nie, wo sie war oder was sie tat, wenn sie manchmal mehrere Tage verreisen musste. Wenn sie sagte:

„Ich muss für ein paar Tage weg," dann fragte er

nicht groß nach, ob ihre Begründung auch plausibel sei, genau genommen, wollte er das „Warum" und „Wohin" gar nicht wissen. Er war von vorneherein davon überzeugt, dass alles seine Richtigkeit hatte. Und so traf es ihn jetzt wie ein Schlag und wie ein Stich, was passiert war. Brigitte war zwei Wochen zuvor verschwunden, hatte ihm einen Brief hinterlassen, der eine völlige innere Leere bei ihm verursachte. Er suchte wohl auch deshalb den Kampf mit Fritz, weil ihn die Konzentration darauf vom Grübeln abhielt.

Brigitte war in den letzten März-Tagen plötzlich ausgezogen. Das einzige, was sie ihm dazu zu sagen hatte, stand in dem Brief, den er auch nach Tagen immer wieder in die Hand nahm und in dem sie ihr Verhalten begründete. Werner machte sich zunächst selbst Vorwürfe, dass er sie vernachlässigt hätte, sie entgegen ihrer gemeinsamen Vorstellungen, von einer Ehe als Team, das gemeinsam sein Lebens-Schiffchen auf Kurs hält, in eine Spießer-Ehe gedrängt, in der er Karriere gemacht und sie in die Rolle der 3 K Ehefrau gedrängt hat. Doch, als er den Brief gelesen hatte, wusste er, dass es nicht sein Verhalten war, das Brigitte zu ihrem Schritt bewog, was die Sache allerdings nicht einfacher machte, im Gegenteil, er war ratlos. Er las den Brief ein zweites, ein drittes und ein viertes Mal, er sah die einzelnen Worte, konnte sie zu Sätzen zusammenfügen, ihre Bedeutung erschloss sich ihm jedoch nur ganz langsam.

„Mein Liebster", *begann das mit der Hand verfasste Schreiben, „ich liebe einen anderen Mann, ohne den ich nicht mehr leben will. Wir haben uns kennengelernt, sind uns näher gekommen und sind schließlich der Liebe verfallen. Die gemeinsame Arbeit an seinem Buch war der Auslöser, der uns zeigte, dass wir schicksalhaft zusammengehören. Ich weiß, was mein heutiger Schritt für dich und die Kinder bedeutet, aber ich weiß auch, dass sie bei dir und unserer Nanny gut aufgehoben sind.*

Liebster, verzeih' mir bitte, aber ich komme gegen die Macht des Schicksals nicht an. Nie hätte ich bis vor wenigen Wochen geglaubt, dass ich dich jemals verlassen könnte. Wir waren immer glücklich miteinander und dafür bin ich dir von ganzem Herzen dankbar. Aber das, was jetzt mit mir geschehen ist, fühlt sich an, als wäre ich auf den Kopf gestellt und umgedreht oder besser gesagt, förmlich umgestülpt.

Bitte tue mein Verhalten nicht als die Auswirkungen einer Midlife-Crisis ab und auch nicht als die hysterische Reaktion einer unterbeschäftigten Tussie. Du weißt ich liebe meinen Job und weißt auch, dass ich darin meine Erfüllung gefunden habe. Trotzdem zieht mich meine Liebe zu diesem Mann auch von dort weg zu neuen Ufern. Ich will ihm jetzt und in alle Zukunft Geliebte und Muse sein. So weit mir über diese Bestimmung hinaus noch genügend Kraft bleibt, will ich mich auch eigener künstlerischer Kreativität hingeben. Er hat mir allerdings gezeigt, dass es eine wunderschöne Sache ist, sich ganz und gar einem geliebten Mann zu verschreiben. Sein Erfolg wird zu meinem eigenen werden.

Mein liebster Werner, wenn du noch einen Funken Liebe zu mir spürst, dann lass' mich ohne Groll gehen. Die Mächte, die da in mir wirken, sind stärker als ich und du, glaube mir, wir müssen sie einfach hinnehmen und geschehen lassen, was geschieht.

Ich liebe dich — B."

„Ausgerechnet dieser hohlköpfige Schönling", schoss es Werner durch den Kopf „und ich bin auch noch schuld daran,"

Brigitte hatte ihr Studium ein Jahr vor Werner abgeschlossen und er riet ihr damals, sich bei einem Kunstbuch-Verlag zu bewerben, von dessen Teilhabern einer mit seinem Vater seit den Kriegszeiten befreundet war. Sie wurde genommen und brachte es dort bis zur Ressort-Chefin wo zeitgenössische Zeichenkunst ihr liebstes Betätigungsfeld in ihrer Arbeit wurde. Dann kam die Zeit der Kinder, wie Brigittes Mutter sagte. Wenn man Kinder habe, so verkündete sie, gäbe es zwar manche Einschränkung des freien Lebens, die Kinder aber profitierten von jungen Eltern. Sie teilte das Eheleben in Phasen ein und stellte apodiktisch fest:

„Es gibt eine Zeit des Verliebtseins, eine Zeit, in der man Kinder bekommt, eine Zeit, in der man sie großzieht und auf den Weg bringt, und schließlich eine Zeit in der man Großeltern wird."

Sie mochte Menschen nicht, die sich nicht an diese „natürliche", Weltordnung halten wollten. Sie lästerte immer über alte Männer - gemeint waren die ab etwa Fünfzig, oder die zumindest so aussahen - die ihre Kinder in den Kindergarten brachten oder gar ihre Babys spazieren fuhren.

„Arme Würmchen", bedauerte sie die Kleinen, „wenn ihr einmal Abitur macht, gratulieren euch Tattergreise."

Brigittes Eltern hatten daher kein Problem, als sie im sechsten Semester schwanger wurde. Sie fragten nur:

"War das Absicht oder ein Unfall?"

als ihr Brigitte und Werner die Neuigkeit berichteten, „Es war Leichtsinn", sagte Werner und lachte. „Wir wollen aber zuerst unser Studium abschließen und dann heiraten." Damit war für die Eltern alles gesagt. Sie begannen sich gleich um eine Kinderbetreuung zu kümmern und um Möbel, mit denen man die Einrichtung von Brigittes Appartement ergänzen konnte. Letztlich merkte man ihnen bei aller Pragmatik, mit der sie mit ihrer bevorstehenden Großelternschaft umgingen, auch ihre Freude darüber an.

Werners Eltern und seine Schwestern nahmen das Geschehen nicht so locker. Sein Vater gab zu Protokoll, dass er die beiden nur in begrenztem Umfang finanziell unterstützen könne und seine Mutter sprach von der Schande, die Brigitte über die Familie bringe. Sie hätte drei Töchter groß gezogen und die seien alle drei anständige Mädchen geworden. Damit war für Werner mal wieder ein Punkt gekommen, an dem er seinen Besuch abbrechen musste.

Er sagte seinem Vater, dass er in zwei Wochen eine Assistentenstelle am neu geschaffenen Lehrstuhl für Informationslogistik antreten würde und er dann seine Zuwendungen einstellen könne, denn da er der Einzige mit der entsprechenden Qualifikation sei, habe er eine gute Eingruppierung erreichen können.

Seinem Vater schien seine Bemerkung von vorher leid zu tun:
„Das ist ja sehr erfreulich, da kann man ja nur gratulieren. Und natürlich bekommst du das gleiche wie bisher, nur mehr wäre mir schon schwer gefallen."
Werner schaute in die Augen seines Vaters, die er schon seit er denken konnte, als traurig

empfand, drückte ihm zum Abschied die Hand und sagte leise, nur für ihn bestimmt:„Ist schon in Ordnung, wir beide verstehen uns. "und sein Vater antwortete: „Dann also auf Wiedersehen - und alles Gute für das Kleine."

Werners Mutter warf ihrem Mann einen Blick zu, von dem sie meinte, dass auch die Queen so aussähe, wenn sie ihr berühmtes „I am not amused" ausstieß.

Nachdem Werner sein Rigorosum hinter sich gebracht hatte, hielt er nun endlich seine Promotionsurkunde in Händen, die ihm im Sekretariat des Lehrstuhls ausgehändigt worden war. Brigitte wartete auf dem Flur mit ihrer inzwischen schon fünf Jahre alten Tochter Lisa und beglückwünschte ihn. „Jetzt können wir also heiraten," gab er zur Antwort und schloss seine beiden Mädchen in die Arme. Brigitte trat einen Schritt zurück und strahlte ihn an:

„Ich habe auch etwas Erfreuliches zu berichten."

„Bist du schwanger?"

„Nein noch nicht, aber gestern hat mir der Verlag mitgeteilt, dass ich den neuen da-vinci-Band herausgeben soll. Stell dir vor, vorne im Vorsatz steht dann unter dem Verlag: 'Herausgeberin Brigitte Wielandt' und unter dem Vorwort des Herausgebers noch einmal dasselbe."

Werner war glücklich, weil sie jetzt ihre Freude teilen konnten. Er ging in sein Büro, das er mit einem anderen Doktoranden gemeinsam nutzte, um seinen Vater anzurufen. Die Assistenten-Stelle blieb ihm auch noch ein Semester erhalten, so dass er die Vorteile, die ein eigenes Büro mit sich bringt weiterhin nutzen konnte. Auch dort musste er zuerst reichlich Glückwünsche entgegennehmen. Eine der Sekretärinnen sagte: „Schade, dass sie das alles so turbomäßig durchziehen, wir hätten sie gerne noch ein wenig behalten."

Dann trat er mit Brigitte und Lisa wieder auf den Flur hinaus, drehte sich in der Tür aber noch einmal um und telefonierte mit seinem Vater. Seine Freude und die Glückwünsche waren ehrlich, das hörte er sogar am Telefon.

„Sag den anderen Bescheid," war Werners Abschiedsgruß, denn er hatte keine Lust, sich die falschen Töne seiner Mutter und seiner Schwestern anzuhören.

Außerdem hätte er ihnen berichten müssen, dass Brigitte einen weiteren Schritt auf der Karriereleiter gestiegen war. Er wollte sich aber ihre dummen Kommentare und blöden Sprüche nicht schon wieder antun. Die Sache mit Brigittes Karriere konnte er ihnen auch später noch erzählen.

Und als er es ihnen dann schließlich doch sagte ging das Gegifte seiner Schwestern gleich wieder los:

„Da hätte sie aber auch noch eine Zeit warten können" und ein andermal an Brigitte gewandt: "Du versaust ihm doch seine ganze berufliche Karriere. Der muss doch jetzt in die Welt, muss sich den Wind um die Nase wehen lassen, er muss Länder und Leute kennenlernen und du willst wohl nur einen Mann, den du als Geldscheißer missbrauchen kannst für deine Verrücktheiten; Sprachen lernen, Malen, Bildhauerei. Dabei wäre es deine Aufgabe, ihm den Rücken frei zu halten, denn der Mann ist wichtiger, er muss Karriere machen."

Werner war auf 180. Er zwang sich trotzdem, die Contenance nicht zu verlieren, was oft dann passierte wenn er sich so aufregte. Später, als er längst wieder im Büro war, rief seine Mutter dort an; leider hat er ihr einmal seine Durchwahl gegeben. Als er ihre Stimme hörte, sagte er ihr, er wolle jetzt nicht mit ihr sprechen, er habe zu tun.

Als die Anrufe nicht aufhören wollten, bat er Maria, seine Durchwahlnummer im internen Teiefon-Netz abzumelden. Das funktionierte, bedeutete aber später einigen Aufwand, sie wieder dort anzumelden, aber die Ruhe, die jetzt einkehrte, war die Mühe wert.

Seit diesem Tag waren die diplomatischen

Beziehungen zwischen Werner und seinem Elternhaus so gut wie abgebrochen. Lediglich mit seinem Vater telefonierte er manchmal. Der war damals schon Anfang siebzig, hielt sich körperlich recht gut und war vor allem geistig noch hell wach, diskussionsfreudig und in einer NGO aktiv. Werners jüngste Schwester lebte auch noch zuhause:

„Das erklärt seine traurigen Augen,‟ dachte Werner.

Werner war stets ein Rätsel geblieben, warum seine Schwestern ihm so feindselig gegenüberstanden. Sie hatten alle drei ihre gute Ausbildung bekommen. Zwar verdiente sein Vater immer gutes Geld, aber drei Töchtern ein Studium zu ermöglichen, war auch für ihn eine veritable finanzielle Anstrengung. Werner war froh, dass er ihn durch seine Verpflichtung bei der Bundeswehr und das Geld, das er von dort für sein Studium zurücklegen konnte, ein wenig entlastet hatte. Auch während des Studiums fand er immer wieder einen Nebenjob, der ihm dazu verhalf, das väterliche Budget nicht übermäßig in Anspruch nehmen zu müssen.

Trotzdem hatte er den Eindruck, dass die drei Mädchen davon überzeugt waren, er nehme ihnen etwas weg. Darüber hinaus neideten sie ihm wohl, ohne dass er den Grund nachvollziehen konnte, jeden Erfolg. Dies bezog sich schon auf seine Schulnoten und auf seine Zeugnisse, hörte aber, wie man hätte vermuten können, nach ihrer Pubertät nicht auf, sondern verstärkte sich mit dem Erwachsenwerden eher noch und wurde fast zur Obsession.

Seine Mutter nahm diese Haltung sichtlich von ihnen an. Bei ihr konnte er sich vorstellen, dass sie mit dem voranschreitenden reifer werden ihres Sohnes und dem damit verbundenen eigenen Machtverlust litt.

Werner schwor sich auf Grund dieser Erfahrungen schon in seiner Kindheit, niemals Neidgefühle gegenüber wem auch immer zu hegen. Später lehnte er es auch ab, Macht über andere Menschen auszuüben. Je selbstbewusster er wurde, umso mehr vertraute er auf die Macht des Arguments. Auch während seiner Bundeswehrzeit versuchte er die Befehle, die er zu geben hatte, wenn nicht verbal, so doch durch seine Haltung zu begründen. Das gelang ihm zwar nicht immer, aber er versuchte es wenigstens, bevor er ein Machtwort sprach.

Eigentlich war Werner ein eher auf Harmonie bedachter Mensch. Die zwischenmenschlichen Krämpfe und Kämpfe waren ihm eher lästig. Auf der anderen Seite war er aber dann konsequent,

81

wenn er erkannte, dass ein Verhältnis von Menschen untereinander so sehr gelitten hatte, dass es nicht mehr aufrecht erhalten werden konnte.

„Ich liebe es, in Harmonie zu leben, aber ich bin nicht süchtig danach. Ich bin kein Harmonie-Junkee, der unter Entzugserscheinungen leidet, wenn es zu Konflikten kommt.‟

In diesem Spannungsfeld entwickelte sich auch das Verhältnis zu seiner Familie. Als er und Brigitte sich endgültig entschlossen hatten zu heiraten, machte er noch einmal den Versuch zu einem friedlichen modus vivendi zu kommen und versuchte mit seinen Eltern und seinen Schwestern darüber zu sprechen, wen man einladen müsse oder sollte und wen man einfach gern dabei haben wollte. Es blieb beim Versuch. Seine Schwestern suchten nicht nur den Konflikt, sondern waren regelrecht auf Krawall gebürstet.

Werner und Brigitte besprachen mit den Brauteltern die Angelegenheit. Sie beschlossen, dass man es zunächst bei der standesamtlichen Trauung belassen, und erst später eine große Party veranstalten wolle.

Die eigentliche Trauung war eine „viereckige‟ Veranstaltung, also nur mit dem Brautpaar und den beiden Trauzeugen.

Er wurde aus seinen Erinnerungen wieder in die

Gegenwart zurückgeholt, als Maria von ihrem Erkundungsgang zurück kam. Sie war einmal über den Flur gegangen, um zu hören, was sich da tat. Ihr war nicht so recht wohl bei dem Gedanken, dass da drei Leute die Köpfe zusammensteckten. „Ein 'sechs-Augen-Gespräch', was sollte das denn sein?" ging ihr durch den Kopf. Außerdem würden sie wieder einmal den gesamten Plan für den heutigen Tag durcheinander bringen.

Endlich kam der Anruf von der Pforte, der die Ankunft der beiden Vorstände meldete. Die Schön kam den Flur entlang und bat Maria, Werner auszurichten, dass er nach vorne kommen solle, um den hohen Besuch zu begrüßen. Aber was heißt „sie bat", so einen Tonfall hatte er zuletzt auf dem Kasernenhof gehört. „Her masters voice", sagte er zu Maria, zwar einigermaßen leise, aber doch so laut, dass es die Schön im Abmarsch hat hören können. Werner hatte sich in der Nacht zuvor vorgenommen, nicht mehr vor dem Herrn Sprecher der Geschäftsführung zu kuschen. "Doch nicht vor diesem Herrn 'von' – 'von tut und kann nichts'".
Es war für ihn wie das bally hoo vor einem Boxkampf. Er konnte sich zwar gut denken, was da hinter verschlossenen Türen geredet wurde, trotzdem wäre er gern dabei gewesen. Nachdem

die Agenda erweitert worden war, hätte er schon gern gewusst ob er alle Trümpfe im Ärmel von Fritz erkannt hatte. Da trat die Schön wieder auf den Flur, dicht gefolgt von den beiden Vorständen, den Schluss der Prozession bildete Fritz. Sie begaben sich ins große Besprechungszimmer und ließen sich auf den um den Tisch stehenden Stühlen nieder. Werner ließ sich Zeit. Er ging noch einmal zur Toilette, wusch sich die Hände und ging erst dann ins Sitzungszimmer, gefolgt von Maria, die seine Sitzungsmappe trug und sie ihm, als er saß zureichte. Er nickte mit einem „Dankeschön" und entließ Maria huldvoll. Die machte das Spiel mit, so dass es für seine Gesprächspartner ein fast aristokratisches Spektakel war. Dieses Verhalten sollte vermitteln, dass hier ein Mann auftritt, der sich der Loyalität seiner Gefolgschaft sicher sein kann. Er bemerkte sofort , dass man ihn gegenüber des Fensters platziert hatte, in das die um diese Uhrzeit recht tiefstehende Sonne ihm voll ins Gesicht schien. Er war fast ein wenig beleidigt, dass die anderen glaubten, diese Bauerntricks könnten sich in irgendeiner Weise auf sein Verhalten auswirken.

Er griff mit provozierender Langsamkeit in die äußere Brusttasche seines Jacketts und zog eine große Piloten-Sonnenbrille daraus hervor, setzte sie umständlich auf und schaute in die Runde.

Das Pokerspiel konnte beginnen.

Fritz übernahm die Begrüßung und erteilte Dr. Boltz das Wort. Der war von Haus aus Ingenieur, sehr nüchtern und pragmatisch. Er begann deshalb seine Rede ohne diplomatische Verrenkungen:

„Herr Wielandt, Wir haben die heutige Tagesordnung auf Bitte des Herrn von Lauenheim-Wiese kurzfristig geändert, weil uns einige Vorgänge so bedeutend erscheinen, dass sie kurzfristig geklärt werden müssen. - Herr Wielandt, sie haben gemeinsam mit ihrem Geschäftsführerkollegen ihre jeweiligen Zuständigkeitsbereiche im Unternehmen aufgeteilt. Dabei fiel ihnen das Rechnungswesen mit Buchhaltung und Controlling zu. Herr von Lauenheim-Wiese hat uns jetzt berichtet, dass zwischen den Zahlen, die sie ihm liefern und den Berichten, die er sich ausdrucken lässt, teilweise erhebliche Differenzen bestehen.

Wir wollen das heute aufklären. Wie sie wissen sind wir als börsennotierte Gesellschaft zur Veröffentlichung unserer Quartalsberichte verpflichtet und in dieses konsolidierte Zahlenwerk fließt auch das ein, was wir von ihnen erhalten. Wenn es tatsächlich irgendwo zu Manipulationen käme, entstünde ein nicht abzuschätzender Schaden.

Die , sagen wir mal: „Korrektur der Daten"
würde sich auf das Vertrauen unserer Aktionäre
katastrophal auswirken. Wir beabsichtigen nach
der Sommerpause in diesem Jahr eine
Kapitalerhöhung durchzuführen, um unser
externes Wachstum durch den Zukauf einiger
interessanter Objekte deutlich zu verstärken.

Aber dazu brauchen wir möglichst viel Geld aus
der Kapitalerhöhung. Nicht auszudenken, was für
Folgen es gerade jetzt hätte, wenn bekannt
werden würde, dass wir die Bilanzen gleich
mehrerer Jahre korrigieren müssten. Wir hätten
die Börsenaufsicht, die Steuerfahndung und ganz
bestimmt auch die Staatsanwaltschaft im Haus.
Glauben sie mir, das ist nichts Angenehmes.

Ich habe das schon einmal miterlebt. Das war
1938, als die Nazis wenige Jahre zuvor die
doppelte Buchführung und ein einheitliches
Kalkulationssystem eingeführt hatten. Da sie die
Wirtschaft auf den Krieg vorbereiten mussten,
geschah das alles fast schon mit Waffengewalt.

Ich war in einem Rüstungsbetrieb, als dort der
Verdacht aufkam, die Kalkulation sei mit
falschen Zahlen gelaufen und der
Gefolgschaftsführer habe sich zu Lasten der
Volksgemeinschaft bereichert. Tagelang haben

die unter Beteiligung der Gestapo alle Akten einschließlich der Inventurunterlagen durchsucht bis sie dann genau dort fündig wurden.

Der Gefolgschaftsführer wollte die Steuerlast senken und hat dazu die Bestände unterbewertet, indem er die teilfertigen Bestandteile nicht nach dem vorgeschriebenen Schema bewertete, sondern nach seinem eigenen.

Er wurde angeklagt und zu zwei Jahren Gefängnis verurteilt. Am Tag seiner Entlassung, stand die Gestapo vor dem Gefängnistor und brachte ihn ins KZ, weil er wegen seines Alters nicht mehr für den Kriegsdienst taugte. Dort verreckte er elendiglich.

Nun ja so schlimm wird's heute nicht gleich werden, Herr Wielandt", schloss er seine Rede, indem er sich einen jovialen Anschein gab. Werner setzte sich einigermaßen aufrecht auf seinen Stuhl und wollte etwas dazu sagen. Da fiel ihm Fritz ins Wort und sagte in scharfem Ton:
„Moment noch, wir sind noch nicht fertig."

„Wir ?", dachte Werner, dieser Taugenichts sieht sich mit dem Vorstand wohl schon auf gleicher Ebene? Er blickte in das triumphierende Gesicht von Fritz und sah, dass er glaubte seinen Angriff erfolgreich geführt zu haben. Werner wartete jetzt ruhig ab, denn er war sich ziemlich sicher, dass Fritz seine Munition verschossen hatte. Dennoch ließ er Vorsicht walten. Nach einer kurzen Pause fuhr er fort. "Herr Wielandt" - aha wir sind wieder per Sie dachte Werner und war froh, dass nicht er diese Scheinfreundschaft aufkündigen musste. Er wunderte sich, mit welcher verve Fritz gegen ihn antrat. Hatte der etwa vergessen, dass er selbst im Glashaus saß? Hielt der seine Position für so stark, dass ihm keiner etwas anhaben konnte? Dabei hatte er doch nicht einmal richtig verstanden, was der Operator, dessen Hilfe er sich bediente, verändert hat. Werner konnte es, nachdem er sich in der letzten Woche drei Abendstunden damit beschäftigt hatte auch ohne das gelöschte Journal, allein durch Differenz- und Summenbildung nachvollziehen. Er konnte erkennen, dass der nukleus des Zahlenwerks aus der von Werner's Leuten erstellten Profit-Center-Rechnung stammte. Diese Zahlen hat die Schön von Hand in Berichtsformulare, die zwar längst abgeschafft waren, übertragen. Anschließend hat sich Fritz die Formulare geben lassen, die Ergebnisse nach oben korrigiert und dann in der Kostenstellenrechnung die neuen Werte statistisch eingebucht und sich das Ergebnis dann ausdrucken lassen. Der Drucker wurde mit

Endlospapier gefüttert und brachte so auf der Basis gefälschter Daten authentische Ausdrucke zustande. Das hätte funktionieren können, wenn der Computer nicht in den Tiefen seiner Speicher ein Buchungsprotokoll abgespeichert hätte, von dem Fritz und sein Helfer nichts wussten.

Dr. Scheuermann war Typ A Diabetiker, was vor jedem Besuch in dem Tochterunternehmen dorthin kommuniziert wurde, damit Sorge getragen wird, dass er regelmäßig eine Pause einlegen und eine Kleinigkeit essen kann. Jetzt war es wieder an der Zeit und er bat um eine kurze Unterbrechung.

Die Schön stand schon in den Startlöchern und brachte, so wie ihn sein Büro im Vorfeld schon gewünscht hatte, einen kleinen Imbiss. Anschließend nahm er sich eine kleine Auszeit. Werner ging in sein Büro,um kurz nach der Post zu schauen. Er sah sie oberflächlich durch und sah zunächst nichts Wichtiges bis sein Blick an einem Brief mit handgeschriebener Adresse hängenblieb. Es war eine gleichmäßige, etwas raumgreifende schöne Handschrift, adressiert an Herrn Dr. Werner Wielandt in Firma …, darüber stand dann noch persönlich/vertraulich. Maria hatte den Brief deshalb nicht geöffnet, sondern verschlossen gelassen, wie es sich gehört. Werner schwankte zwischen gleich öffnen, nach

Feierabend öffnen und gar nicht öffnen, sondern einfach im verschlossenen Zustand der Akte P anvertrauen. Er glaubte zu wissen, dass der Brief von dem Schönling stammte, der Brigitte ihm und den Kindern weggenommen hat. Er hielt das Schreiben in den Händen und dachte nach. Maria, der er von seinem Eheproblem erzählt hatte, sah ihn so dastehen, ging zu ihm hin, nahm ihm den Brief, von dem nach Werners Reaktion unschwer zu erraten war, dass er wohl nichts Angenshmes enthielt, aus der Hand, legte ihn auf den Schreibtisch und sagte mit etwas eindringlicherer Stimme als sonst:

„ Ich glaube, den sollten sie jetzt nicht öffnen, sie müssen sich heute auf das hier konzentrieren. Dabei beschrieb sie mit einem Arm eine kreisende Bewegung, was so viel heißen sollte wie: „Hier, diese Firma." Werner dachte: "Da ist wenigstens eine, die mich vermissen würde, wenn man mich vor die Tür setzen sollte." Er atmete kurz durch, richtete sich auf und dachte darüber nach, wie er im weiteren Verlauf des Tages mehr Einfluss auf die Art der Gesprächsführung gewinnen könnte. Es gefiel ihm gar nicht, wie er mehr und mehr in die Defensive gedrängt worden war. Als die Schön wieder auf den Flur trat, um im Auftrag ihres Herrn zur Fortsetzung der Besprechung aufzufordern, indem sie sich in die offene Tür stellte und die Herren in mündlicher Form wie auch mit einer einladenden Geste hineinbat. Kaum saß der Letzte, ergriff Werner unaufgefordert das Wort:

„Meine Herren, ich habe vor einiger Zeit ihre Einladung zu dem heutigen Treffen erhalten. Die Tagesordnung sah so aus, wie jedes Jahr, wenn wir uns zur Bilanzbesprechung treffen. Aus den Ausführungen der Herren Vorstände, entnehme ich, dass hier ein Tribunal stattfinden soll, das mich im Mittelpunkt sieht. Dass es so schlimm nicht kommen wird und ich nicht in einem KZ verrecken muss, ist da nur ein schwacher Trost. Ich sage ihnen jetzt aber etwas, was sie sich gut merken sollten, damit nachher keiner sagen kann, er hätte es nicht gewusst:

Wenn sie auf mich losgehen, dann schlachten sie das falsche Schwein.

Aber zurück zu dem, was sie vorhin sagten, Herr Baron, sie meinten, das wäre noch nicht alles. Ich schlage deshalb vor, und das auch aus zeitökonomischen Gründen, dass sie - mit Zustimmung der Herren Vorstände - zunächst ihre weiteren Vorwürfe gegen mich erheben und ich dann auf alle eingehe.“

Fritz rutschte auf seinem Stuhl ein paar Zentimeter nach vorn, hob den Kopf, und tat so, etwas linkisch, als würde er auf unerhörte Neuigkeiten warten. Wer aber seine Körpersprache zu lesen verstand, sah an verschiedenen Symptomen seine fast schon verzweifelte Anspannung. Er hatte es schon ganz verdrängt, dass er ja selbst Dreck am Stecken hat. Er war sich vor der Sitzung ganz sicher, dass niemand seine „Umbuchungen" werde finden können. Das hatte ihm der Typ aus der EDV-Abteilung jedenfalls zugesagt und ihm auch erklärt, warum. Das verstand Fritz mangels intimer EDV-Kenntnisse zwar nicht so ganz, vertraute da aber seinem neu gewonnenen Freund aus der EDV. Er hätte es in diesem Fall allerdings lieber mit Lenin halten sollen, der bekanntlich Kontrolle für besser hielt als Vertrauen. "Wahrscheinlich pflegte dieser Herr Uljanow von sich auf andere zu schließen", wandte Werner regelmäßig ein, wenn er diesen Spruch hörte.

Noch mehr konnte man ihn auf die Palme bringen, wenn „Controlling" einfach mit „Kontrolle" übersetzt wurde. Als Dr. Boltz im Hinblick auf die Geschäftsverteilung zu Werner sagte, „sie sind der Controller, wenn sie dann auch operative Aufgaben wahrnehmen, liegt hierin ja schon ein Widerspruch in sich. Sie kontrollieren sich quasi selbst."

Im jetzigen Gespräch nahm Werner die Gelegenheit wahr, das Missverständnis aufzuklären, ohne jemanden direkt angreifen zu müssen;

92

„Ein Contoller ist kein Kontrolleur, der die Fahrkarten abknipst, er ist auch keiner, der in einer Buchhaltung die Belege abhakt. Übersetzt aus dem Englischen heißt „to control" zunächst steuern, regeln, ist eigentlich zukunfts- und nicht vergangenheitsorientiert.

Für ein wirksames Controlling braucht man vor allen Dingen Messgrößen, mit denen man laufend die Ist-Werte vergleichen kann..."

Fritz fiel ihm ins Wort: "Aber bitte lieber Werner, wir wollen doch hier keines deiner betriebswirtschaftlichen Proseminare abhalten, sondern die Unstimmigkeiten in unserer Buchhaltung aufklären."

Dr. Boltz griff ein: „Aber nein, Herr von Lauensee-Wiese, ich halte die Ausführungen ihres geschätzten Kollegen für sehr interessant. Ich höre zum ersten Mal einen Geschäftsführer etwas über die fachlichen und geistigen Wurzeln seiner Tätigkeit sagen und wo er sich selbst einordnet."

Dann stellte Dr. Boltz noch ein paar Fragen, die Werner zeigten, dass der andere sich durchaus über die Systematik eines „Rechnungswesens als Informations-System" schon einmal intensiv Gedanken gemacht hatte. Es machte ihm Spaß, sich mit Dr. Boltz, zu unterhalten, den er als ihm selbst intellektuell ebenbürtig betrachtete.

Während dessen hatte sich draußen der Himmel wieder verdunkelt, die Wolken öffneten kurzzeitig ihre Schleusen und ein eisiger Wind trieb die Graupel und den Schneeregen durch die Straßen. Dazu heulte der Wind, wie immer wenn er auf Nordost gedreht hatte, was er hin und wieder tat bei dieser Witterung. Dann fing er sich in der Ecke, die zwei Gebäudeteile bildeten und gab beim Aufsteigen manchmal pfeifende, manchmal jaulende und manchmal auch Töne ab, die an weinende Kinder erinnerten. Die Assoziation war sofort da für Werner. Er hatte den Brief, der immer noch an der gleichen Stelle auf seinem Schreibtisch lag, vor Augen und dachte kurz darüber nach, um eine Auszeit zu bitten und den Brief zu öffnen. Da hob aber schon Dr. Scheuermann an und sagte:

„Vielen Dank Herr Wielandt – er ließ den Titel weg, wie es bei doctores untereinander üblich ist und worüber sich Fritz grün ärgern könnte, weil er das nicht durfte - dann lassen sie uns hören, was sie zu sagen haben. Aus ihren bisherigen Aussagen dürfen wir wohl gespannt sein, wie es weitergeht.“

Werner dankte ihm, dass er das Wort erteilt bekam.

„Ich gehe gleich medias in res und beginne bei den Ausführungen meines Kollegen. Mir ist schon seit einiger Zeit eine Diskrepanz zwischen den Zahlen aus der Buchhaltung und denen in den Berichten meines geschätzten Kollegen aufgefallen. Ich konnte mir zunächst einfach nicht vorstellen, was die Ursache war. Nachdem ich zusammen mit der EDV-Abteilung in vielen Abendstunden die Systeme überprüft hatte und wir keinen systemischen Fehler finden konnten, gab es keine andere Möglichkeit mehr, als dass jemand auf händische Weise manipulativ in das System eingegriffen haben musste. Ich würde jetzt gerne einen Mitarbeiter aus der EDV hinzuziehen, damit er uns darstellen kann, was da gemacht wurde.“

Es folgte eine von Fritz angeleierte Diskussion, ob man gemeines Fußvolk zuziehen soll, denn eigentlich habe man vor, die Dinge zunächst einmal diskret zu behandeln. „Gut Herr Wielandt, dann schildern Sie uns erst einmal ihre Sicht der Dinge.“ Werner wollte anheben, als jemand an die Tür klopfte, während man vom Flur her laute Männerstimmen vernehmen konnte. Maria kam herein, ohne auf ein Zeichen zu warten und sagte mit einer Stimme, als brauche sie Hilfe:"Die Herren aus den USA sind da“.

Werner sprang von seinem Stuhl auf und ging rasch zur Tür, denn die Herren waren echte Südstaatler. Einer stammte aus Arizona und zwei aus North-Carolina, genauer gesagt aus Charlotte,worauf sie besonders Wert legten. Sie pflegten eine robust-rustikale Art, mit der Fritz nie klar gekommen ist . Deshalb haben sie die Zuständigkeiten für wichtige Geschäftspartner aufgeteilt. Weil Fritz nicht so gut Englisch sprach und ihm außerdem die bäuerliche Derbheit dieser Leute ein wenig Angst machte, durfte Werner sie betreuen. Außerdem war ausgemacht, dass der Kontakt sowieso nichts bringen würde, weil die Amis – wie sie kurzerhand im Hause genannt wurden – ein joint venture anstrebten, man an der Konzernspitze aber davon nichts hielt. „Ganz oder Gar nicht „ lautete dort die Devise. Fritz wusste das und überließ Werner das Feld, oder wie er sagte den Flop. Werner wusste auch von der Aversion der Konzernführung gegen joint ventures, aber vielleicht ließen sich auch andere Wege der Zusammenarbeit finden. Sprechen sollte man auf jeden Fall einmal miteinander.

„Ein paar Spesen wird es aber schon kosten," sagte Werner.

„Die werden uns schon nicht umbringen," antwortete Dr, Scheuermann und genehmigte ein sehr auskömmliches Budget. Werner konnte das einschätzen, weil er schon an seinen früheren Wirkungsstätten immer wieder mit Amis zu tun hatte. Am teuersten waren immer die Puff-Besuche, die es im bigotten und super prüden Amerika nicht gab. Brigitte erzählte er nichts davon, denn sie hätte solches Tun bestimmt nicht goutiert.

An einem Abendessen hatte sie einmal teilgenommen und vorher schon den Vorschlag gemacht, doch die drei Herren zu einem Absacker noch mit nach Hause zu nehmen. Bevor Werner und Brigitte loszogen hatte sie noch ein paar Schnittchen mit Hausmacher Wurst und Schwarzwälder Schinken vorbereitet und Zwei Kisten Pils-Bier in den Kühlschrank im Keller gestellt.

Für das Diner hatte man in einem Gourmet-Lokal in der Innenstadt einen Tisch reserviert, und anschließend einen Besuch in einer Bar vorgesehen. Werner hatte seine Geschäftsfreunde vorher gebrieft, dass sie im Beisein von Brigitte keinesfalls etwas von einem Puff erwähnen sollten, woran sich die auch eisern hielten. Der Abend war nach dem Bar-Besuch noch nicht rund. Deshalb nahmen die drei nach kurzem Zögern die Einladung nach Hause zu Werner und Brigitte gerne an.

Das Essen im Gourmet-Tempel war zwar

ausgezeichnet, aber für einen ausgewachsenen Südstaatler doch sehr übersichtlich. Deshalb waren sie froh, dass Brigitte etwas herzhaftes vorbereitet hatte. Werner bot ihnen dazu ein Schwarzwälder Kirschwasser an, dessen Alkoholgehalt auf 40 % herabgesetzt war, so dass es auch für Nicht-Schwarzwälder genießbar wurde.

Brigitte amüsierte sich köstlich und war froh ihre Sprachkenntnisse wieder einmal voll und ganz nutzen zu können. So wurde es noch ein langer Abend, der dank Brigittes Charme und Esprit sehr lustig verlief. Sicherlich hatte deshalb Brigitte einen erheblichen Anteil an Werners Teilerfolg: Die Amis waren bereit, auch über andere Optionen zu sprechen.

Bei ihrem jetzigen Besuch wollten sie gemeinsam mit Werner konkrete Pläne entwickeln, wie man zu einer Zusammenarbeit kommen könnte. Alle Beteiligten waren sich einig, dass dies am Besten im persönlichen Gespräch zu machen sei. Nachdem Werner zum vorigen Gespräch nach Charlotte geflogen war, wollten sie jetzt zu einem Gegenbesuch nach Deutschland kommen.

Es war geplant, dass die drei am frühen Nachmittag eintreffen sollten, damit die Zeit bis zum Abendessen genützt werden könnte, um erste Vorschläge mit konkreten Zahlen modellartig durchrechnen zu können.

Während Werner noch versuchte den Amis die Situation zu erklären, mischte sich Dr, Boltz ein und schlug vor, die interne Besprechung zu unterbrechen, um mit den so weit gereisten Gästen zunächst eine Tagesordnung und die weitere Vorgehensweise für die nächsten Tage abzustimmen. Die Amis stimmten freudig zu, und Werner übernahm die Gesprächsführung, während er die Amis bat, sich mit an den großen Besprechungstisch setzen.

Die beiden Konzernvorstände steckten kurz die Köpfe zusammen und stellten gemeinsam fest, dass dies eine hervorragende Gelegenheit sei, den Stand der Verhandlungen sozusagen live mitzuerleben. Darüber hinaus waren sie ganz froh über die Belebung der Atmosphäre, zumal die Gäste sehr vertraut und kommunikativ auftraten und offensichtlich mit Werner ein freundschaftliches Verhältnis pflegten.

Werner hatte seinen Leuten für die Modellrechnungen den PC zur Verfügung gestellt mit dem Lotus 1-2-3 Programm. Die Begeisterung war riesengroß, so dass am Ende des Tages klar war: "das brauchen wir." Aber auch die Modellrechnungen konnten sich sehen lassen. Sie enthielten auch Grafiken zur Verdeutlichung der einzelnen Situationen, die selbst den Amis neu waren, obwohl die PC schon ein Jahr früher in den USA eingeführt worden waren. Werner erklärte, dass er den PC, den er schon in den USA gesehen hatte, beim Kauf auf Empfehlung eines dieser Herren mit dem Tabellen-Kalkulationsprgramm ausgestattet habe.

Die beiden Vorstände zeigten sich erstaunt, über das, was so eine kleine Kiste, die da auf dem Schreibtisch stand, leisten konnte. Daneben stand ein 9-Nadel Drucker mit Endlospapier im Letter-Format der auch Balken und Kuchen-Grafiken ausdrucken konnte. Werner bat Maria Kopien für Dr. Boltz und Dr. Scheuermann anzufertigen, damit sie diese mitnehmen könnten.

Nachdem das Besuchsprogramm mit den Amis abgeklärt war und man sich für den Abend zu einem Abendessen verabredet hatte, wurde ein gut Englisch sprechender Mitarbeiter gebeten, die drei mit einem Firmenwagen in ihr Hotel zu bringen.

Paul Webber, Ronald Radliff und Charles Buchanan verabschiedeten sich ohne viele Worte, so wie Freunde, wenn sie sich bald

wiedersehen. Im Hinausgehen wandte sich Charles kurz Werner zu und fragte ihn: „Do we see Brigitte tonight?" Werner schaute ihn traurig an, wie Charles fand, schüttelte verneinend den Kopf und sagte:
"Let us talk about this – after dinner."
Charles verstand, dass da etwas Schlimmes vorgefallen sein musste und fragte nicht weiter nach.

Als man wieder unter sich war, nahm Dr. Scheuermann den Gesprächsfaden erneut auf:
„Ich habe schon einiges gelesen über diese Personal Computer, oder wie sie sagen, PC, aber einen ersten Eindruck, von dem, was die können, haben sie uns mit dieser kleinen Demonstration verschafft. Vielen Dank dafür. Aber lassen sie uns zurückkehren zu unserem eigentlichen Thema, Herr Wielandt sie haben das Wort."

Werner erhob sich langsam, um dadurch, dass er im Stehen sprach zu demonstrieren, dass er etwas sehr Bedeutsames zu sagen habe:
„Es ist nicht schön, was ich jetzt sagen muss und manches entspricht auch nicht der political correctness, aber ich halte nichts davon, die Dinge schön zu reden. Ich bin ein Freund der direkt-deutschen Sprache und stelle fest:
'Friedrich von Lauenstein-Wiese fälscht die Profitcenter-Rechnungen, um sich in ein

besseres Licht zu stellen. In Wirklichkeit sieht es in den von ihm betreuten Geschäftsbereichen nicht so gut aus, wie er vorgaukelt.

Er geht so vor, dass er die vom Rechnungswesen gelieferten Daten in von Hand erstellte Tableaus überträgt. Darüber habe ich mich von Anfang an gewundert und mich gefragt:
Warum gibt er nicht einfach die Computer-Ausdrucke weiter?
Warum dieser zusätzliche Aufwand, der ihn immer hinsichtlich des Abgabetermins in Zeitnot bringt? Warum lehnte er bisher alle meine Angebote, seine Frau Schön und ihn selbst in die EDV einzuarbeiten ab?
Nachdem ich dann einmal seine Tableaus mit den Computer-Auswertungen verglich, stellte ich eindeutige Differenzen fest. Ich suchte und fand, dass bereits die Ausdrucke der Computerberechnungen gefälscht waren. Wenn sie bitte vergleichen wollen," sagte Werner und legte die von ihm „überarbeitete" Rechnung vor und die von Fritz und seinem Helfer plump gefälschte. Fritz lächelte überlegen:
„Also bitte, der Computer erstellt im Hintergrund ein Journal, das jede Buchung festhält."
„Dann schauen wir da mal rein", entgegnete Werner. Und in der Tat waren dort alle manipulierten Buchungen von Fritz zu sehen, aber nichts von Werners Eingriffen. Fritz bekam

hektische Flecken im Gesicht, denn er konnte sich nicht erinnern, dieses Zahlenwerk schon einmal gesehen zu haben. Das konnte er auch gar nicht, denn bei dem, was zu sehen war, handelte es sich um die echten Zahlen, während Werner seine gefälschten Zahlen, an die Schön weitergegeben hatte. Werner legte das Buchungsprotokoll, das im Hintergrund gelaufen war dazu und das passte natürlich auch in Werners Darstellung.

Dann spielte Fritz seinen letzten Trumpf aus. Obwohl er sichtlich um eine entspannt und überlegen wirkende Mimik bemüht war, sah man ihm deutlich an, dass er begann seine Fassung zu verlieren.

„Wenn da etwas manipuliert wurde, dann nicht von mir," stieß er etwas gepresst hervor.

„Dann war es vielleicht deine Frau Schön."
sagte Werner.

„Kennt die dein Passwort? Oder kennt das sonst jemand?"
fragte Werner scheinheilig.

„Natürlich kennt Sybille, äh also Frau Schön mein Passwort, aber für die lege ich meine Hand ins Feuer."

Fritz zog sein Taschentuch heraus und begann seine Hände abzutrocknen. „Nun gut" sagte Werner und rief die Eingabemaske noch einmal auf, die sichtbar wurde, wenn Werner sein

Passwort eingab. Inzwischen standen alle um den Systembildschirm auf Werners Platz am großen Tisch. Werner zeigte auf das kleine umrandete Feld rechts oben, wo eine Zahlenfolge stand.

„Das müsste jetzt mein Passwort sein, ist es aber nicht. Wessen Passwort ist das dann?"

Es herrschte Schweigen im Raum. Werner ging zum Sideboard, das an der Stirnseite des Raumes stand und auf ihm das Telefon. Er tastete die Hausrufnummer der Schön:

„Ja hier Wielandt, könnten sie bitte gleich mal ins Besprechungszimmer kommen?"

Die Runde schaute sich fragend an. Alle dachten, er habe Maria gerufen. Stattdessen erschien entgegen ihren Erwartungen die Schön, deren Rufnummer Werner ja in Wirklichkeit gewählt hatte

„Wissen Sie vielleicht, wem dieses Passwort gehört?"

fragte Werner, indem er auf den Bildschirm zeigte. Er tat so, als sei dies eher eine belanglose Frage. Es gelang ihm zwar völlig unaufgeregt zu wirken, in seinem Inneren aber brodelte es. Die Schön spürte trotz des gelassen wirkenden Werner, dass da etwas Entscheidendes vorging. Ihre weibliche Intuition, die so heißt, weil Frauen da wohl in der Tat ein besonderes Gespür zu haben scheinen, das sie vor drohenden Gefahren warnt, ließ sie zögerlich antworten:

„Mein Passwort ist das nicht.“

„Können sie sich vorstellen, wem es gehören könnte?“

fragte Werner weiter, und musste sich jetzt sehr beherrschen, dass er nicht seiner Cholerik nachgab. Die Schön schüttelte den Kopf, aber Werner sah, dass sie ihn dabei ein wenig senkte um seinem Blick, der immer noch auf ihre Augen gerichtet war, zu entgehen. Werner fragte weiter, indem er jetzt schon ein klein wenig insistierend klang:

„Wer hat denn außer ihnen sonst noch Zugang zu ihrem Computer?“

„Eigentlich keiner, außer manchmal ein Operator aus der EDV.“

„Könnte der ihr Passwort missbraucht haben?“

„Das ist unmöglich, denn ich habe einen von denen erst zweimal gebraucht und wenn der fertig war, habe ich mein Passwort immer sofort geändert.“

Werner verschärfte seinen Ton, denn er bemerkte ihre zunehmende Unsicherheit. Sie rieb sich häufig die Hände und versuchte fast verzweifelt seinem Blick auszuweichen.

„Frau Schön, da hat sich jemand Zutritt zu Ihrem Computer verschafft, hat darauf Manipulationen in unserem Rechnungswesen vorgenommen, die schlimme Auswirkungen für unser gesamtes Unternehmen haben können, wir versuchen die Vorgänge aufzuklären und sie weigern sich, uns dabei zu unterstützen. Können sie das vor ihrem Gewissen verantworten."

Die Schön lief rot an und kämpfte sichtlich mit den Tränen:

„Das ist --- das Passwort von Herrn von Lauenberg-Wiese,"

kam es leise und zögerlich. Fritz verlor jetzt völlig die Contenance:

„Du blöde Kuh,"

fuhr er sie an.

„Aber du hast doch gesagt ihr hättet alles gelöscht,"

gab sie zurück, während Fritz sichtbar die Farbe wechselte und ganz weiß wurde,

„Ich glaube wir beenden hier unsere Sitzung,"

kam es jetzt von Dr. Boldt, der sich mit einem kurzen Blick mit Dr. Scheuermann verständigt hatte. Er ging zur Tür, öffnete sie und sagte mit dem Blick auf Fritz gerichtet:

„Wir sehen uns nachher noch in ihrem Büro".

Fritz hatte verstanden und verließ den Raum.

Dr. Scheuermann gab der Schön einen Wink:

„Kümmern sie sich um ihn".

Dr. Scheuermann wandte sich jetzt Werner zu:

„Herr Wielandt, sie verstehen, dass wir zunächst nach Lage der Dinge, wie sie uns vorgetragen worden waren, zu einer anderen Auffassung kamen. Ich möchte mich dafür auch im Namen

106

meines Kollegen Boldt bei ihnen in aller Form entschuldigen."

Werner, war jetzt wieder ganz emotionslos und wiegelte ab:"

„Aber meine Herren, da gibt es nichts zu entschuldigen, gegen eine arglistige Täuschung ist niemand gefeit, vor allem dann nicht wenn sie so geschickt angelegt ist."

Dr. Scheuermann nickte beifällig:

„Ich für mein Teil warte erst einmal ab, wie sie damit umgehen und welche Entscheidungen sie treffen. Ich nehme an, sie werden in absehbarer Zeit das Richtige tun. Da haben Sie mein volles Vertrauen".

Werner gab sich jovial: Für's Erste werde ich alles dran setzen, dass Schiff auf Kurs zu halten und das Vertrauen aller Mitarbeiter zu gewinnen beziehungsweise zu erhalten."

„Was soll mit der Frau Schön geschehen?" fragte Dr.Boltz."

„Ich werde sie erst einmal für eine Zeit beurlauben und dann das Gespräch mit ihr suchen. Für mich ist sie eher Opfer als Täterin. Sie hat sich da in eine Sache hineinziehen lassen, die sie wohl zunächst nicht überrissen hat, und wenn sie es später tat, war es wohl zu spät, das Ruder noch einmal herumzureissen, weil sie schon zu tief in diesem Sumpf steckte."

Werner hatte in diesem Moment Kreide

gefressen, denn er hatte natürlich nicht die Absicht, sie weiter zu beschäftigen. Dies wäre nur auf der Sekretariatsebene möglich gewesen, wo er sie unter Kontrolle gehabt hätte, denn er traute ihr nicht zu, ein restlos loyales Verhältnis zu ihm zu entwickeln. Außerdem spürte er im Gedanken an Maria keine Lust, ständig in den Kleinkrieg zweier stutenbissiger Weiber verwickelt zu sein. Er würde daher schon einen Weg finden, sie loszuwerden am besten mit einem Aufhebungsvertrag mit einer ordentlichen Abfindung und im Notfall noch einem Schnaps obendrauf,--- da war er sich sicher.

Mit diesen Gedanken verabschiedete er die beiden Vorturner. Dr. Scheuer ging mit den Worten:
„Wir setzen auf sie. Frau Schön haben wir das Notwendige diktiert und sie angewiesen, die Korrespondenzmappe an ihre Frau Budweiser zu übergeben. Alles weitere kommt dann in den nächsten Tagen von uns aus der Zentrale. Soweit erforderlich, haben wir ihnen alle Vollmachten erteilt. Schauen sie noch einmal genau rein, ob etwas fehlt und rufen sie gegebenenfalls in unserem Sekretariat an. Dr. Boldt nickte zustimmend. Werner war immer wieder erstaunt, wie flüssig diese Herren in druckreifen Sätzen sprechen konnten.

Werner ging in sein Büro, um die Korrespondenz zu lesen, die in der Mappe lag. Maria hatte sie schon angeschaut und klappte deshalb erst einmal die hinteren Fächer auf, wo die letzten noch von Fritz veranlassten Schreiben lagen:

„Sehr geehrter Herr Wielandt," las er da.

„Auf Grund der ihnen bereits im Gespräch mitgeteilten Tatsachen, sehen wir uns gezwungen, sie von allen Ämtern zu entbinden. Sie sind ab sofort bis auf Weiteres beurlaubt …"

Es folgten die üblichen Floskeln zum Umgang mit Geschäftsgeheimnissen, Dienstwagen und so weiter.

„Da war sich aber einer sehr siegessicher"

sagte Werner zu Maria, als er sah, dass auch ihr gekündigt werden sollte. Maria fragte ein wenig zögerlich noch einmal nach:

„Ist jetzt alles ausgestanden?"

„Ja, und sie haben ein Essen und einen großen Blumenstrauß verdient."

Als letztes der Schreiben holte Werner, das ominöse Kuvert hervor, in dessen Adressfeld jemand in künstlerisch anmutender Weise seinen Namen geschrieben hatte. Er rätselte immer noch im Stillen, von wem dieser Brief wohl sein mochte. Er hoffte insgeheim darauf, er könnte von Brigitte sein, verwarf den Gedanken aber sogleich wieder, denn ihre Schrift kannte er in allen ihren Variationen. Seine Frau hatte sich im Rahmen ihres Studiums auch mit Kalligraphie beschäftigt und konnte daher besonders schöne Glückwunsch-Schreiben abfassen oder auch Urkunden. Aus diesem Grund verfasste sie manchmal die urkundenartigen Begleitschreiben, wenn verdiente Mitarbeiter ein Geschenk oder einige anerkennende Worte zu einem Ehrentag oder Jubiläum erhielten. Werner wusste, was professionelle Kalligraphen berechneten und stellte im Namen von Brigitte entsprechende Rechnungen aus, denn seine Frau sollte nicht schlechter behandelt werden, als Fremde. Doch wer könnte ihm diesen Brief geschrieben haben?

Zur geschäftlichen Korrespondenz gehörte er offensichtlich nicht, denn er wusste nicht, wer ihm da einen handgeschriebenen Brief hätte schicken sollen. Es musste sich daher um ein privates Anliegen handeln, das in diesem Umschlag aus einer Art Büttenpapier verborgen lag. Das Papier war nicht weiß, sondern leicht chamois und mit traditioneller Gummierung, die man anfeuchten musste, verschlossen. Werner legte ihn in seine obere Schreibtisch-Schublade, ohne ihn zu öffnen.

Die Gespräche mit den Amis waren sehr fruchtbar. Die hatten die Absicht eine neue Produktreihe auf den Markt zu bringen, die sich in Teilen auf die Technologie von Werners Firma stützen sollte. Es war Werner gelungen die

Geschäftsfreunde, als die sie sich fortan sehen wollten, davon zu überzeugen, dass es nicht unbedingt zum Ziel führe, wenn man mit vorformulierten essentials in die Verhandlungen gehe. Er wollte sie damit zu einer weicheren Position führen, weg von ihrer harten Linie, die sie bisher bei ihrer Idee vertraten:
„Joint venture – take it or leave it!"
Es sei besser eine gewisse Flexibilität zu demonstrieren und auf die in Europa im Gegensatz zu Amerika gepflegte Diplomatie zu setzen.
„Let's talk about this", war nach einiger Überlegung die Antwort von Charles Buchanan.

Sie fuhren dann gemeinsam mit den Kollegen von Charles zum Essen in ein Steakhaus, das Portionen von amerikanischer Größe servierte und wie Werner schon vermutet hatte, bestellten sie sich jeder ein vierhundert Gramm Stück. Dazu Pommes Frites satt, wobei sie auf den Salat verzichteten. Sie tranken zum ersten Mal zu einem Abendessen in Deutschland keinen Wein, weil Werner ihnen davon abgeraten hatte, in einem Steakhouse in Norddeutschland Wein zu trinken.

Er hatte ihnen erklärt, dass man in dieser Gegend vor allem das Süße liebe und deshalb dem Wein am Ende der Gärung eine sogenannte Süßreserve zugebe, die aber nichts anderes sei als unvergorener Süßmost. Damit bestehe aber die Gefahr, dass der Wein noch einmal gären würde. Dem beuge man vor durch reichlichen Zusatz von Schwefel, was nach dem Weingenuss meist zu Kopfschmerzen und anderen Katererscheinungen führe.

Die Amis zogen es daraufhin vor, sich lieber an das Bier zu halten, was ihnen, wenn sie ehrlich waren, ohnehin lieber war, ihnen dann aber viel zu bitter vorkam. Nach dem Essen erklärte Werner Paul und Ronald, dass er gerne mit Charles noch etwas Privates besprechen würde und er sich mit ihm jetzt ausklinken wolle. Die beiden hatten schon bemerkt, dass sich zwischen Werner und Charles eine besondere Freundschaft entwickelt hatte, schauten jedoch trotzdem etwas betröppelt drein. Als jedoch Werner die Firmenkarte mit einem „no limit, it's all yours" auf den Tisch legte, hellten sich ihre Gesichtszüge wieder auf. Werner bestellte zwei Taxen und fuhr mit Charles zu sich nach Hause, die anderen beiden gaben dem Fahrer „Richtung Altstadt" an.

Wieder begann ein starker Regenschauer die Sicht aus dem Autofenster fast zu einem Unterwasser-Erlebnis zu machen. Die wie kleine

Bäche vom Dach herunterlaufenden Regenbahnen wurden begleitet vom Trommeln der riesigen Tropfen auf das Autodach. Der Fahrer entschuldigte sich dafür, dass er nur 60 fahren könne, weil die Sicht so schlecht sei. Charles erkundigte sich mit leicht besorgt klingender Stimme, wie schnell man denn in deutschen Städten fahren dürfe.

„Fünfzig," sagte Werner und der Fahrer nickte zustimmend.

„Aber bei diesem Wetter ist doch schon das zu viel!" rief Charles.

„Eigentlich schon, aber wenn wir langsamer fahren, halten wir den gesamten Verkehr auf; und dann stoppt mich bestimmt auch noch die Polizei, weil die Beamten meinen, ich wäre besoffen", belehrte ihn der Fahrer.

Charles rutschte etwas tiefer in seinen Sitz und prüfte, ob der Sicherheitsgurt auch fest saß. Er war aus den USA gewohnt, dass innerhalb von Ortschaften eine viel langsamere Obergrenze galt, deren Einhaltung streng überwacht wurde. Am Ende war Charles froh, unbeschadet vor Werner's Haus angekommen zu sein.

Als sie hineingegangen waren, fragte er nach den Kindern, worauf ihm Werner antwortete, sie seien für diesen Abend bei Freunden in der Nähe untergebracht, weil er mit ihm Dinge zu besprechen habe, die sie nicht mithören sollten.

Werner führte Charles ins Wohnzimmer und bot ihm den bequemsten Sessel an, den er hatte. Dann holte er vier Whisky-Gläser auf den Couchtisch und holte eine Flasche Bushmills aus dem großen Flaschenregal im Keller. Dazu stellte er noch, wie beiläufig, eine Flasche achtzehnjährigen Elijah Craig. Als Charles seinen Blick über den Tisch gleiten ließ, um zu sehen, was Werner da gebracht hatte, schaute er ganz ungläubig auf die honigfarbene Flasche, um dann tatsächlich festzustellen, dass es ein achtzehnjähriger war. Er richtete seine Augen mit bewundernder Mimik abwechselnd auf die Flasche und auf Werner:

„Das scheint von ganz besonderer Bedeutung zu sein, was du mit mir besprechen willst."

„Oh ja, aber lass uns erst einmal einen Schluck von dem edlen Stoff zu uns nehmen." Sie waren beide begeistert von dem Aroma dieses Single Barrel Whisky.

„Ich wollte dir dieses mal kein Schwarzwälder Kirschwasser zumuten".

„Als Digestif war das aber ganz ausgezeichnet" entgegnete Charles und gab sich dem Genuss eines zweiten Whiskys hin.

Werner wurde auf einmal ganz nachdenklich und schwieg eine Weile bis er sich wieder an Charles wandte. Der meinte zu sehen, dass Werners

Augen feucht wurden, als der Freund wieder das Wort ergriff:

„Ich habe da etwas zu verdauen, wo mir mit Sicherheit kein Digestif hilft. Da müsste ich mich schon total besaufen, fürchte aber, mit jedem Grad der Ernüchterung würde auch das ganze Elend zurückkehren."

In Werners Augen drückten die zurückgehaltenen Tränen. Charles bemerkte das und stand auf, um ans Fenster zu treten, und tat so, als würde er nachdenken über das, was Werner wohl andeuten wollte. Dabei ging es ihm in diesem Moment lediglich darum, dem Freund die Peinlichkeit zu ersparen, seine Tränen sehen zu müssen.

Charles musste kein Hellseher sein, um sich zusammenreimen zu können, was geschehen sein musste: die fehlende Brigitte, die Kinder aus dem Haus geschafft, reichlich Alkohol auf dem Tisch, das alles ließ einiges befürchten. Er wollte Werner aber nicht zu einer Erklärung drängen und wartete lieber bis der von sich aus weitersprach:

„Brigitte ist weg," kam es ansatzlos von Werner. Ohne noch mehr zu sagen, reichte er Brigittes Brief zu Charles hinüber. Während der noch die letzten Worte las, brach Werners Cholerik aus ihm heraus:

„Ich werde dem meine Frau nicht kampflos überlassen. Ich werde den so niedermachen, dass kein Hund mehr ein Stück Brot von ihm frisst. Was glaubt dieser Cretin, wer er ist? Wenn ich mit dem fertig bin, ist er die längste Zeit ein sogenannter anerkannter Künstler gewesen. Ich werde Mittel und Wege finden, ihn den bösartigsten Kritikern zum Fraß vorzuwerfen. Meine Firma sitzt in den Kuratorien zweier namhafter Stiftungen und ich entscheide, wer wie viel bekommt und damit auch, wen die Kritikermafia puschen kann und wen nicht. Da werden wir sehen, was in dieser Szene mehr zählt, Geld, das nicht stinkt oder eine wohlriechende Muse. Mein Gott, wie konnte sich Brigitte bloß auf so ein krumm gebohrtes Arschloch einlassen. Der ist doch nur ein dummer, eitler Fatzke.“

Charles hörte ruhig den Tiraden zu. Er konnte seine leichte Erheiterung nur schwer unterdrücken.

Werner war so richtig in Fahrt:

„Dieses Rindvieh ist nur schön – oder glaubt es zumindest zu sein – dabei ist er nur hohl, nicht mit Hirn belastet, oder wie Augstein mal über Bartzel schrieb, eine Zelluloid-Ente ohne Blei im Bürzel.“

„Diese Deutschen,“ dachte Charles, „selbst wenn sie die übelsten Schimpfworte gebrauchen, wird stets noch korrekt zitiert.“

Werner schwieg jetzt. Man konnte deutlich spüren, wie aufgewühlt er war. Seine Augen starrten in eine unbestimmte Ferne, ohne Ziel, er war verzweifelt, wusste nicht mehr weiter. Er, der gewiefte Manager war durch den Gang der Ereignisse paralysiert, saß hilflos und ratlos in seinem Sessel.

Draußen tobte sich das Aprilwetter mit der ganzen Palette seiner Möglichkeiten besonders wild aus, so als wollte es Werner Recht geben, indem es ihm sagte: „Das stimmt, das ist eine Riesensauerei." Und wenn man Werner gefragt hätte, was er da herausgehört hat, dann wäre das sicherlich gewesen: „Das kannst du nicht auf dir sitzen lassen."

„So wie ich dich kenne, hast du dir schon eine konkrete Strategie und Taktik einfallen lassen, zu dem, was du außer ohnmächtigem Toben sonst noch tun kannst."

Werner und Charles hatten ein recht vertrautes Verhältnis zueinander entwickelt, so dass sie sehr offen miteinander sprechen konnten. Charles bohrte weiter: „Also, sag schon, was hast du vor? Du weißt ja mit mir kannst du deutsch reden". Werner verstand die Doppeldeutigkeit. Denn zum Einen meinte Charles damit nicht nur die unverblümte und direkte Sprache von Werner, sondern auch dass sie sich in deutsch und englisch unterhalten konnten. Die Großeltern mütterlicherseits von Charles stammten aus einer großen Familie ehemals sehr angesehener Wiener Juden.

Vor allem die Großmutter trauerte dem alten Leben nach. Sie schwärmte immer noch von der gesellschaftlichen Rolle, die ihre Familie damals spielte. Dieses kleine Licht mit dem Spießerbärtchen sollte nicht am Ende doch noch gewonnen haben. Deshalb hielt sie alle Kinder aus ihrer Verwandtschaft dazu an, deutsch zu lernen. "Deutsch ist die Sprache der Wissenschaft der Kunst, Kultur, der Philosophie und der meisten Naturwissenschaften. Leider hat ja dieses braune Gesindel unsere führende Rolle mit ihren Stiefeln zertrampelt," pflegte sie immer wieder zu betonen.

So musste auch Charles auf 'Befehl' seiner Großmutter deutsch lernen und die halbe Semesterzahl in Deutschland studieren. Davon machte sie die Höhe des Schecks abhängig, den jeder ihrer Enkel monatlich erhielt. Sie war sehr wohlhabend, weil sie die einzige Holocaust-Überlende ihrer großen und weitverzweigten Verwandtschaft war. Die Familie hatte rechtzeitig ihre Vermögen in den USA, der Schweiz, Mexico und Argentinien in Sicherheit gebracht so dass sie nach dem Krieg sofort wieder handlungsfähig war.

Charles, dessen Bruder und Eltern hatten sich versteckt, fielen aber einem Verrat zum Opfer. Seine Eltern und sein Bruder kamen nicht mehr heraus aus Deutschland. Sie wurden vergast.

Charles war mit einer Schwester seiner Mutter, die ihn als ihren eigenen Sohn ausgab, entkommen, nachdem ihre Schwiegereltern praktisch alles, was ihnen gehörte, als „Reichsfluchtsteuer" hatten abliefern müssen. Charles Vater war ein Baum von einem Kerl, der seine Gene an Charles weitergegeben hat. Deshalb fiel er dort gar nicht auf, als sich seine Tante und sein Onkel mit ihm in den Wicklow-Bergen im Süd-Osten Irlands niederließen. Seinem Onkel gelang es, mit Hilfe der Verwandten, die es in die USA geschafft hatten, eine stattliche Farm zu kaufen und diese mit einem prächtigen Milchviehbestand auszustatten.

Charles wuchs heran und man sah deutlich, dass er seinem Vater nachschlug. Aus ihm wurde ein Kerl, von dem jeder, der ihn und seinen Hintergrund nicht kannte, für den Prototyp eines urwüchsigen Iren hielt, dessen Stammbaum bis zu den Kelten zurück reichte. Sein Onkel wollte ihn nicht drängen, aber wenn er ihn so ansah, war ihm klar, Charles würde die Farm eines

Tages übernehmen und sie erfolgreich weiter bewirtschaften.

Der Traum zerplatzte jäh, als Charles mit zwölf von der Schule nach Hause kam und einen IQ-Test vorlegte, der ihm eine weit überdurchschnittliche Intelligenz bescheinigte. So sehr sich Mr. Helman Snyder, zu dem sein Onkel Helmut Schneider inzwischen mutiert war, auch über die Bewertung seines Neffen, in dem er schon lange einen Sohn sah, weil er und seine Frau keine Kinder bekommen konnten, auch freute, war ihm klar, dass Charles bald den Weg in die Wissenschaft einschlagen würde.

„Und wie kommst Du zu dem Namen Buchanan?", fragte Werner.

„Einige Jahre nachdem ich in die USA gegangen war, starb mein Onkel und meine Tante verkaufte die Farm. Zum Glück, als es noch gutes Geld dafür gab. So hatte sie noch einen schönen Lebensabend und weil sie nicht in Saus und Braus lebte, habe ich sogar noch ein nettes Sümmchen geerbt. Ich studierte dann mit einem schönen Stipendium das die Chase Manhattan für Hochbegabte zur Verfügung stellte, Mathematik und Computer-Wissenschaften. Ich ging dann auf Anordnung meiner Großmutter - du musst wissen, sie führte das Regiment in unserer Großfamilie - um zu promovieren nach Wien. Das war übrigens eine ihrer letzten

Befehle, denn wenig später starb sie.

Ja und in Wien," Charles schenkte sich jetzt einen Bushmills ein, „damit das gute Zeug länger hält, da hieß mein Doktorvater Geoffrey Buchanan. Er und seine Frau hatten nur ein Kind, einen Sohn. Der Kleine und Geoffreys Frau starben bei dem schwersten Bombenangriff auf Wien am 12. März 1945.

Als ich mich bei ihm einschrieb, glaubte er, in mir eine gewisse Ähnlichkeit mit seinem Sohn zu erkennen. Er war völlig alleinstehend, auch ohne entferntere Verwandtschaft, so dass er mich eines Tages, als wir uns im Rahmen der engen Zusammenarbeit anfreundeten, fragte, ob ich mir vorstellen könne, von ihm adoptiert zu werden, so dass wenigstens sein Name weiterleben würde.
Alles Weitere weißt du",
schloss Charles und leerte sein Whiskyglas.
Nachdem sie sich minutenlang schweigend gegenüber gesessen waren, nahm Werner mit nachdenklich klingender Stimme das Gespräch wieder auf:
„Da hast du eine ganz schön spannende Biographie. Mein Gott, das ist ja Stoff für mindestens zwei Romane."
„Wenn du willst, kannst du die ja mal schreiben. Ich fürchte nur, dass es nicht mal für eine

Novelle reicht, denn mehr gibt es nicht zu berichten."

„Okay, dann lass uns darüber sprechen, wie ich Brigitte zurückerobern kann." Charles zog erstaunt seine buschigen Augenbrauen hoch und schaute Werner etwas befremdet an:

„Was sollte das heißen? - zurückerobern!"

Doch Werner sah den fragenden Blick seines Gegenübers nicht, denn er kam langsam in Fahrt.

„Ich werde mich in diesem Krieg an das halten, was ich in meiner Offiziersausbildung gelernt habe."

Das Erstaunen im Gesicht seines amerikanischen Freundes nahm zu, doch Werner sah das nicht, weil er vollständig mit seinem eigenen Redeschwall beschäftigt war. Er zitierte Clausewitz:

„Der Krieg ist ein Akt der Gewalt und es gibt in der Anwendung derselben keine Grenzen."

Dann schränkte er allerdings ein:

„Mein Feind, mit dem ich Krieg führe ist natürlich nicht Brigitte, sondern allein der Schönling, der sie mir weggenommen hat. Und ich werde zurückschlagen wie ein militärischer Führer, dem jemand sein Territorium streitig machen will. Ich werde in mehreren Schritten vorgehen, man könnte auch sagen in Wellen, so wie die Rote Armee gegen die Wehrmacht vorgegangen ist und trotz größter Verluste am Ende gesiegt hat."

Werner hielt ein in seinem Redefluss, um sich noch einen Elijah Craig einzuschenken. An der Größe seines Drinks konnte man den Grad seiner Erregung ablesen und auch die Tatsache, dass er sich nicht erst mit Whisky besaufen musste, um über seine Pläne sprechen zu können --- er redete sich besoffen.

„Ich hatte einen Kameraden, der war bei der Abteilung „Operative Information", was gemeinhin als psychologische Kriegführung bezeichnet wird. Der erzählte mir einmal dass ein hervorragendes Mittel, wenn nicht das beste überhaupt, um einen Feind mürbe zu machen, die Beschallung der feindlichen Reihen mit Kinderweinen ist. Das würde selbst die hartleibigsten Typen mürbe machen. Deshalb werde ich jetzt den Schönling noch ein paar Tage sich in Sicherheit wähnen lassen und dann die erste Welle starten, indem ich meine Kinder Briefe an ihre Mutter schreiben lasse, in denen sie ihr mitteilen, wie sehr sie Brigitte vermissen und werde ihnen Textpassagen einflüstern, die kräftig auf die Tränendrüsen drücken. Das wiederholen wir dann ein paar mal. Ich denke auf Dauer wird sie das schon mürbe machen.

In der zweiten Welle werde ich mich auf den Schönling konzentrieren und dafür sorgen, dass der künstlerisch kein Bein mehr auf den Boden bringt. Beides, eine mürbe Brigitte und ein zunehmend erfolgloser Schönling werden, wie in einem Abnützungskrieg, die feindlichen Stellungen bis zur Sturmreife schwächen. Am Ende werde ich Brigitte nach Hause zurück holen und habe sie dann für immer im Sack."

Werners Zunge war zum Schluss seiner Ansprache und nach einigen Versuchen, sie mit Whisky aufzulockern, reichlich schwer geworden. Charles kam mit dem Whisky besser zurecht, merkte aber sehr wohl, dass Werner deutlich angeschlagen war. Er fragte deshalb Werner nach der Kaffeemaschine und schlug vor, einen Irish Coffee aufzubrühen, weil Werner in seinem Anfall von Großmannsgehabe wohl nicht bereit gewesen wäre, einen einfachen Kaffee zu akzeptieren.

Im Haushalt von Werner und Brigitte gab es keine Kaffemaschine, so dass Werner gezwungen war, Charles zur Hand zu gehen. Ihn rüstete Werner mit dem Rührgerät für die Sahne aus, während er selbst den Kaffee mit Filter und kochendem Wasser aufbrühte. Das Einschenken und die Sache mit der Sahnehaube übernahm dann wieder Charles. Er stellte zwar die Flasche mit dem Bushmills bereit, sorgte aber dafür, dass er Werner's Kaffee nur in homöopathischer Dosierung zugegeben wurde. Mitternacht war längst vorbei, als sie sich wieder in ihre Sessel setzten, um sich weiter mit Werners Plänen zu beschäftigen.

Der Kaffee tat beiden sehr gut. Insbesondere bei Werner schien er die Gehirnwindungen durchgeputzt zu haben. Er kam allmählich wieder herunter von dem hohen Ross, auf das er sich in seinem Furor gesetzt hatte.
„Wer hoch sitzt, kann tief fallen,"
hatte einmal ein Richter zu Werners Gegner in einem Schadenersatz-Prozess gesagt, den jener am Ende glatt verlor.

Werner nahm sich in der Folge etwas zurück, schwadronierte aber weiter in Vergleichen mit militärischen Vorgehensweisen:
„... und wenn sich da Hindernisse zeigen, dann werden die vernichtet."
Charles wurde schon seit einigen Minuten immer unruhiger beim Zuhören. Einige Male schüttelte er aus seinem Unmut heraus den Kopf, was Werner allerdings nicht bemerkte.

Da hörte er, wie Charles ihn mit lauter Stimme ansprach:
„Jetzt ist es genug!"
Charles hob die Hand; er kam sich dabei vor wie ein Polizist, der einen Falschfahrer stoppen will und der zögert, weil er nicht weiß, ob er es womöglich mit einem Amokfahrer zu tun hat.

Und als Werner - immer noch sichtlich in Rage - wissen wollte, was denn los sei, kam von Charles, der weiterhin seinen Befehlston drauf hatte:

"Feuer einstellen! Der Feind ist gar nicht da!"

Werner schaute etwas verwirrt und verunsichert um sich. Charles griff nach einer kurzen Pause wieder zur Whisky-Flasche, goss sich einen ein und fuhr fort:

„Jetzt mach mal das Fenster auf, dass sich der ganze Pulverdampf hier verzieht und richte deine Perspektive gerade, damit du siehst, wo du bist. Du stehst nicht am Scherenfernrohr auf einem Feldherrnhügel und auch nicht am Sandkasten in der Offiziersschule, Werner – das hier ist das richtige Leben und dir ist etwas zutiefst Menschliches passiert, was jeden Tag tausende Mal weltweit geschieht: Deine Frau ist mit ihrem lover durchgebrannt. Junge, wir leben im zwanzigsten Jahrhundert, in seinen achtziger Jahren und du schwingst Reden, als lebtest du zwar auch in den achtzigern, aber eben im neunzehnten oder sogar achtzehnten Jahrhundert. Jetzt fehlt nur noch, dass du ihn zum Duell fordern willst. Vielleicht gleich heute im Morgengrauen auf der Waldlichtung gleich hinter der Stadt?"

Charles schenkte beiden noch einmal Kaffee ein während er weitersprach:

„Soll ich dein Sekundant sein? --- Wo lebst du

Werner? Komm wach' endlich auf. Lass uns darüber sprechen, wie du Brigitte wirklich wieder zurück bekommen kannst. Und lass bitte die Kinder aus dem Spiel." Werner stand auf und ging schwankenden Schrittes zur Toilette. Dort stellte er sich eine Weile an das offene Fenster und zog begierig die kühle Nachtluft durch Mund und Nase in seine Lungen. Als er zurückkam und Charles den Grund für seine längere Abwesenheit sagte, schien es dem, als hätte sich auch das Hirn des Freundes von dem Müll, der dort eingelagert war, ein wenig befreit. Er hielt ihn wieder für ansprechbar.

„Werner, was du da erzählst hört sich an wie Lehrsätze aus der Offiziersschule. Aber du bist da völlig neben der Spur. Du bringst Beispiele von Herrschern oder Völkern, die ein Stück ihres Territoriums verloren, weil es andere Herrscher oder Völker annektiert haben. Einmal ganz davon abgesehen, dass keine Form von Revanchismus jemals geeignet war, eine Situation zu befrieden, sondern nur dazu taugt, einen Konflikt ad infinitum fortzusetzen. Denke doch nur an die deutsch-französische Erbfeindschaft, die mehr als tausend Jahre gepflegt wurde, nur Not und Elend über die beiden Völker gebracht hat und erst in der größten Katastrophe der Menschheitsgeschichte ihr Ende fand. Das Verlangen nach Rache und

Vergeltung macht blind und setzt das rationale Denken außer Kraft."

Werner wunderte sich über Charles:

„Mein Gott, du kannst ja richtige Reden halten, das kannte ich bislang gar nicht von dir."

„Das passiert immer dann, wenn mir etwas wichtig ist und vor allem dann, wenn das 'Etwas' ein guter Freund ist."

Werner spürte, dass er noch nicht schnell genug im Denken war, denn er brauchte einige Sekunden, bis er begriff, was Charles da gesagt hatte. Er sah in ihm nicht nur einen Freund, sondern einen 'guten Freund'. Er spürte, dass er um wieder schneller reagieren zu können und um seinen aufkommenden Kater sowie die Folgen des hohen Alkoholgehalts im Blut zu bekämpfen, etwas tun musste. Er ging ins Bad, wo der Arzneischrank hing, nahm die Novalgin Tropfen heraus und träufelte 40 davon in etwas Wasser. Das Zeug schmeckte sehr bitter und eigentlich trieb er jetzt Teufel mit Beelzebub aus, aber es half.

„Du meinst also, ich hätte eine lange Ansprache gehalten? -Dann warte erst einmal ab, ich bin noch nicht am Ende:

Ich habe dir vorhin gesagt, dass sich das, was du sagst, anhört, als würdest du aus der Heeres-Dienstvorschrift für Offiziere vorlesen. Aber glaube mir, das ist alles nur für Salonsoldaten",
Werner wollte protestieren, doch Charles wischte mit einer verächtlichen Handbewegung den Versuch einer Entgegnung einfach weg.
Er knöpfte sein Hemd auf, hob den linken Arm etwas an und sagte:
„Ich kann ihn nicht mehr höher heben."
Dabei streifte er sein Hemd zurück. Eine große Narbe, die sich beim genaueren Hinsehen als mehrere zusammengewachsene Narben entpuppte, wurde sichtbar
„Das ist eins meiner Souvenirs aus Vietnam. Die brachte mir ein Vietcong mit seinem Bajonett bei, bevor ich ihm mit meinem Spaten den Schädel spalten konnte.

Das war zur gleichen Zeit, als du in der Lüneburger Heide allenfalls vielleicht mal auf Karnickel geschossen hast, was man euch wahrscheinlich aber auch verboten hat. Ich musste oft genug auf Menschen schießen und ich habe auch getroffen. Ich bin heute noch ein guter Schütze. Wenn du dich also duellieren willst, kann ich dir bestimmt noch viel beibringen.

Wenn du aber Krieg machen willst, dann – ich

sage es dir noch einmal - lass bitte die Kinder aus dem Spiel. Kinder in einen Krieg hineinzuziehen ist ganz besonders grausam und verbrecherisch. Auch wenn Dürrenmatt einst festgestellt hat, der Krieg sei schon seit der Erfindung des Knüttels ein Verbrechen, so ist das Beteiligen von Kindern noch einmal eine ganz andere Dimension.

Ich erzähle dir jetzt etwas, was nur ganz wenige Menschen wissen, eigentlich nur diejenigen, die dabei waren. Das war drei Tage nachdem wir eine kleine Anhöhe, nicht sehr hoch, nicht sehr bedeutend, eingenommen hatten. Bei uns keine Toten nur zwei Mann verwundet, keine schweren Verwundungen, die Hubschrauber haben sie schnell abgeholt. Wir waren froh, dass alles so glimpflich abgegangen war. Ich stellte unter meiner Führung eine Patrouille zusammen, um die Lage zu erkunden. Wir benutzten die Straße und sahen nach etwa zwei Kilometern eine Menschengruppe im Reisfeld arbeiten. Wir beobachteten sie mit unseren Ferngläsern aus der Deckung heraus, so lange bis wir keine Zweifel mehr hatten, dass es Kinder waren.

Wir setzten unseren Marsch fort, in dem wir jetzt besonders aufmerksam nach allen Seiten sicherten. Als wir auf etwa fünfzig Meter herangekommen waren, liefen die Kinder schreiend sternförmig auseinander und warfen sich nach ein paar Schritten in das Reisfeld. Zwei von uns hielten ihre Gewehre mit beiden Händen über Kopf und riefen den Kindern beruhigende Worte zu. Die Antwort waren mindestens zehn Gewehrsalven. Die beiden Kameraden, die klar machen wollten, dass wir in friedlicher Absicht kämen, erwischte es als erste. Sie bekamen jeder rund ein Dutzend Treffer. Mich erwischte eine Kugel und durchschlug meine rechte Wade, aber vier weitere Kameraden waren ebenfalls tot, noch bevor wir das Feuer erwidern konnten. Wir forderten Verstärkung an und gruben uns ein, so gut es ging.

Offenbar hatten wir die Angreifer abgewehrt. Kurz danach sahen wir unsere Helikopter, die mit ihren schweren MG die Gegend beharkten, bevor sie landeten und uns aufnahmen. Von zehn gesunden Männern, die wir am Beginn des Angriffs waren, bestiegen noch vier Verwundete die Hubschrauber. Wie wir später erfuhren, wurden die 14 Kinder, die wir gesehen hatten als menschliche Schutzschilde oder Kanonenfutter, wie du es auch immer nennen willst, missbraucht. Wir haben sie alle getötet."

Charles schwieg. Er sah überaus traurig vor sich hin. Seine Backenzähne begannen zu mahlen. Sein Blick verfinsterte sich und dann brach es aus ihm heraus:

„Und du gottbegnadetes Arschloch meinst du

würdest einen Krieg führen, in dem du hinter deinen Kindern in Deckung gehen kannst. Halt die Kinder da raus. Wenn du hinterhältige Schweinereien vorhast, dann mach das selber. Sei ein Mann. Wenn du einer bist, dann geh' die Sache frontal an. Stell' den 'Schönling', wie du ihn nennst, zur Rede und trage das, was du tun willst mit ihm aus."

Charles erhob sich aus seinem Sessel, baute sich vor Werner in seiner ganzen Bärengröße auf und sagte mit dröhnender Stimme:

„Alles, was du in dieser Art tust, ist falsch. Ich habe dir vorhin schon sagen wollen, dass du es nicht mit einem Stück Land zu tun hast, das vom Feind besetzt wurde. Nein, deine Frau, ein menschliches Wesen und ein ganz tolles noch dazu, hat sich von dir abgewendet. Wenn du willst, dass sie zu dir zurückkehrt musst du einen anderen Kampf kämpfen. Der beginnt erst einmal damit, dass du deine Selbstgerechtigkeit besiegst.

Das, was du mir erzählt hast vom Abservieren deines Co-Geschäftsführers, war zwar lehrbuchmäßig machiavellistisch gedacht und gemacht, aber fühlst du dich gut dabei? Gut, er wollte dich loswerden, du hast dich verteidigt, vielleicht war dein Vorgehen die einzig erfolgversprechende Möglichkeit, aber bist du innerlich ganz fest von dir überzeugt? Erfüllt es dich wirklich mit Stolz, wenn du darüber nachdenkst oder ist es einfach nur Häme, weil da einer im Staub liegt? Wirst du in zehn Jahren einmal deinen Kindern von diesem, wie du es nennst 'Coup' erzählen? Ich hoffe, du wirst ihn schamhaft verschweigen, weil ich hoffe, dass sich Reste von Anstand hinter deiner Großkotzigkeit erhalten haben.

Lieber guter Freund, ich mag dich wegen deiner vielen positiven Seiten. Die haben den Nachteil dass man sich im Laufe derZeit an sie gewöhnt. Deshalb ist es manchmal gut, auch einmal die schlechten Seiten des Freundes zu sehen, umso mehr weiß man die guten zu schätzen."

Werner schaute jetzt durch das große Fenster nach draußen und sah am Horizont ein erstes zaghaftes Licht der aufgehenden Sonne, weil sich die tiefhängenden Wolken kurz zuvor mit einem heftigen Hagelschauer ein wenig zurückgezogen hatten. Der Wetterbericht machte jedoch klar, dass das Aprilwetter zumindest an diesem Tag noch anhalten würde.

Als er sich wieder umdrehte, sah er, dass Charles im Sessel eingeschlafen war. Er ließ ihn schlafen und ging erst einmal duschen, was den Ernüchterungsprozess beförderte. Nachdem er frische Wäsche trug und alle anderen Kleidungsstücke, frisch aus dem Schrank, angezogen hatte, fühlte er sich schon viel wohler.

Für dieses Wochenende hatte er von Maria ein Besuchsprogramm zusammenstellen lassen, mit dem er den Amis die Stadt und ihre Umgebung näher bringen wollte. Nach einigen Stunden Schlaf, die Charles heftig schnarchend in seinem Sessel zugebracht hatte, wollte er ins Hotel zurück, „um sich wieder menschlich herzurichten," wie er mit rauer Stimme erklärte. Es war besprochen, dass die Besucher diesen Tag mit einem extra angeheuerten Fremdenführer verbringen sollten, der ihnen alles zeigen und erklären konnte, was es zu sehen gab. Werner wollte dann am Abend wieder dazustoßen.

Zunächst war er allerdings froh, jetzt alleine zu sein, denn allmählich kam nun doch die große Neugierde auf das hoch, was in dem ominösen Brief ohne Absender stand. Werner öffnete ihn entgegen seiner Gewohnheit, solche Kuverts einfach aufzureißen, mit einem Brieföffner. Er zog die zwei Blätter heraus und schon im Auseinanderfalten erkannte er, von wem der Brief war: Der Schönling hatte ihn geschrieben. Werner drehte sich fast der Magen um, als er zu spüren glaubte, wie ihm die Galle stieg.

„Was will denn dieser Knilch von mir? Hat mir diese Ratte denn nicht schon genug angetan? Warum soll ich dem sein Geschreibsel überhaupt lesen?"
Aber diese schöne geschwungene Schrift wollte nicht so recht zu dem von Werner ausgemachten Charakterschwein passen; deshalb wollte er es jetzt schon genau wissen.

„Sehr geehrter Herr Wielandt," las er da.
„na wenigstens wahrt er die Form," dachte der, „und kommt nicht mit einem kumpelhaften 'Du' herüber, so nach dem Motto: „nachdem wir jetzt die gleiche Frau vögeln, können wir uns auch duzen."

Im gleichen Moment wurde Werner bewusst, dass all' der Zorn und die Wut die er verspürte, reine Eifersucht war. Noch nie hat er seit er mit Brigitte zusammen war, auch nur ansatzweise so etwas gespürt wie heute. Er musste an die mahnenden Worte von Charles denken und ihm Recht geben. Er musste weder einen Kampf um ein Stück Land oder irgendwelche Besitztümer noch um Macht und Einfluss führen, er musste Brigittes Liebe zurückgewinnen. Aber als er dann ihren Brief, den sie zurück gelassen hatte noch einmal las, verwirrte der ihn jetzt vollständig. Sie schrieb doch, sie liebe ihn: „und warum steigt sie dann mit dem Schönling in die Kiste?"

Er nahm jetzt wieder dessen Brief zur Hand und las weiter:

„ich möchte, damit keine Missverständnisse entstehen, gleich zu Anfang feststellen, dass ich Ihnen Brigitte nicht weggenommen habe. Es war ihr Entschluss mit mir wegzugehen. Sie hat schon vor Wochen ein Haus an der holländischen Küste gekauft, das sowohl als Liebesnest als auch als Wohnsitz auf Dauer geeignet ist.

Sehr geehrter Herr Wielandt,
Sie sind ein erfahrener Mann und sie können sich ganz bestimmt vorstellen, dass das Liebesnest mit einer zwölf Jahre älteren Frau schon bald ausgedient hat. Brigitte ist eine liebe und nette Frau und hat mich um einige Erfahrungen – und das in jeder, wirklich jeder Hinsicht – reicher gemacht. Auf Dauer kann ich mir so ein Verhältnis aber nicht vorstellen, zumal ich auch Holland recht langweilig finde.

Ich werde daher Brigitte am nächsten Sonntag zurückschicken und bitte Sie, sie wieder aufzunehmen.
Mit freundlichen Grüßen
Ihr -----

es folgte die Unterschrift des Schönlings.

Werner war außer sich, nachdem er sich gezwungen hatte, den Brief zu Ende zu lesen. Obwohl er über ein reiches Repertoire an Schimpfwörtern verfügte, fiel ihm keines ein, das auf diesen Unmenschen passen wollte.

„Der soll mich kennenlernen!" schrie er, obwohl ihn niemand hören und keiner da war, an dem er seine Wut auslassen konnte.

Er dachte eine Stunde lang darüber nach, ob er seinen Revolver aus dem Safe holen und den Schönling über den Haufen schießen sollte. Auch wenn er sich über Brigittes Verhalten noch so ärgerte, eine solch niederträchtige Behandlung hatte sie nicht verdient. In ihrer Ehe haben sie sich immer – auch wenn sie unterschiedlichster Meinung waren – den unter erwachsenen Menschen üblichen und notwendigen Respekt gezollt.

„Worauf bildet sich dieser Scheißkerl denn einen Arsch voll ein?"
schimpfte er weiter vor sich hin.
"Diesen Hanswurst werde ich fertig machen bis er auf Knien zu Brigitte rutscht und sich bei ihr entschuldigt. Der kann doch die Frau, die ich über alles liebe nicht so behandeln, ohne dass ich ihm alle Knochen breche und im sein Gedärm aus dem Körper reiße."

Langsam wurden seine Worte ruhiger, seine Stimme überschlug sich nicht mehr und er begann wieder, klare Gedanken zu fassen, wie es alle Choleriker tun, wenn sie erst einmal Dampf abgelassen haben.

Wie immer, wenn er sich ausgetobt hatte, konnte er jetzt wieder klar denken. Allmählich und zunächst nur schemenhaft entstand in seinem Kopf der Plan für das, was er jetzt tun musste.

Er rief zuerst bei den Freunden an, die seine Kinder betreuten und fragte, ob sie noch den Tag über und eine weitere Nacht bei ihnen bleiben könnten. Sie hörten an seiner Stimme und an seiner Sprechweise, dass etwas außergewöhnliches passiert sein musste und fragten nicht weiter nach, sie sagten einfach nur „ja" wussten aber – denn soweit kannten sie Werner – dass es sich bestimmt nicht um etwas Unwesentliches handelte.

Dann rief er im Hotel an und bat an der Rezeption, man möge Charles ausrichten, dass er ihn dringend brauche; er solle so schnell wie irgend möglich zu ihm kommen. Werner zog schon einmal sein Jackett an, holte einiges Bargeld aus dem Safe und steckte seine Kreditkarten ein. Er schaute noch einmal im Auto nach und versicherte sich, dass die entsprechenden Straßenkarten vorhanden waren und der Tank noch fast voll war. Mit einem prüfenden Blick in seine Brieftasche stellte er fest, dass er auch alle Papiere bei sich hatte.

Aus dem Brief vom Schönling wusste er jetzt wenigstens, wo er Brigitte finden konnte. Ungeduldig wartete er auf Charles. Der stürmte kurz danach von seinem Taxi mit großen Schritten auf den Hauseingang zu, wo Werner schon die Tür geöffnet hatte. Noch vom Weg durch den Vorgarten aus rief er:
„Was ist los? Ich dachte schon das Haus brennt."
"Komm erst einmal herein", antwortete Werner, der jetzt wieder wach war und sich vollständig nüchtern fühlte, was er natürlich nicht war. Die Aufregung hatte wohl das Gefühl, wieder nüchtern zu sein, ausgelöst. Er hatte in der Zwischenzeit mit automatischem Handeln Kaffee gekocht, ohne dass er hätte sagen können wie und wann das geschah. Jedenfalls stand jetzt eine Warmhaltekanne auf dem Sideboard neben dem Esstisch. Werner zeigte darauf und Charles schenkte sich sofort einen großen Becher ein:
„Das Hotel ist ganz gut, aber der Kaffee .... na ja, deiner ist besser."
Es trat ein kurzes Schweigen ein und Werner schob Charles wortlos das Schreiben des Schönlings über den Tisch. Der Freund nahm ihn mit spitzen Fingern auf, als fürchte er, sich daran schmutzig zu machen.
„Eine schöne Schrift," lautete sein erster Kommentar. „Ihr redet zwar wohl nicht

miteinander, aber ihr schreibt euch wenigstens. Das ist ja schon ein Ansatz zur Lösung des Problems".

„Ich glaube da täuschst du dich. Die Lösung muss von mir ausgehen – oder besser gesagt, sie wird von mir ausgehen, und zwar heute noch."

Jetzt war bei Charles endgültig die Neugier geweckt. Er griff nach dem Brief und las ihn lange, das heißt er las ihn mehrmals bis er realisierte, dass die schöne Schrift nicht die von Brigitte war. Seine Backenzähne mahlten und er konnte nicht so recht glauben, was er las. Es versagte seine Phantasie, um sich vorstellen zu können dass selbst in den übelsten C- oder D-Moovies so etwas in ein Drehbuch hätte kommen können. Das war für ihn unterste Schublade, wie konnte Brigitte, die er ja sehr schätzte, bloß auf so einen Schweinepriester hereinfallen. Dieses schamlose Subjekt missbrauchte diese tolle Frau für ein paar vergnügliche Wochen und wollte sie dann wieder ablegen wie einen alten Hut. Charles war wütend, konnte seinen Zorn aber nicht so heraus brüllen wie Werner es konnte, sondern fraß die ganze Erregung in sich hinein.

„Was willst du tun?" fragte er Werner.

„Zuerst brauche ich deinen Rat. Ich habe lange über das nachgedacht, was du gesagt hast. Ich muss dir heute in allem Recht geben.

Dies ist kein Krieg. Das ist allenfalls eine vertrackte Situation und zwar zwischen erwachsenen Menschen. Das, was ich für meine Kinder aufgeschrieben habe, damit sie es an Brigitte weitergeben, habe ich weggeworfen.

Ich will das frontal austragen und habe mich entschlossen, jetzt gleich nach Holland zu fahren und sie abzuholen. Denn ich lasse nicht zu, dass der sie einfach wegschickt. So lasse ich die Frau, die ich liebe, nicht demütigen. Wenn wir dann heute Abend wieder zu Hause sind, können wir immer noch darüber sprechen, wie es weitergehen soll. Den Gang der Dinge müssen auf jeden Fall Brigitte und ich bestimmen und nicht dieser dahergelaufene Kasper, der glaubt, die Würde meiner Frau mit Füßen treten zu können.

Ich werde Brigitte aus seinen Klauen befreien, damit sie wieder sein kann, was sie immer war und was ich an ihr so liebe: eine selbstbestimmte Frau, die sich niemandem unterwirft."

„Gut gebrüllt Löwe", sagte Charles und klatschte Beifall. „Und warum sollte ich jetzt so schnell kommen?"

„Ich will wissen, was du zu meinem Plan, oder besser gesagt zu dem, was ich vorhabe, sagst. Weißt du, mir ist heute, als ich noch einmal über das nachgedacht habe, was du gesagt hast und angesichts des Schreibens vom Schönling klar geworden, dass einem auch ein Mensch, den man liebt, niemals gehört. Das ist kein Besitz, kein Eigentum, über das man frei verfügen, es mitnehmen und wieder wegschicken kann wie ein Postpaket.

Deshalb will ich Brigitte nicht einfach zurückholen, sondern sie in die Lage versetzen, selbst zu entscheiden, was sie tun und wo sie hingehen will. Ich würde ihr jedenfalls den roten Teppich ausrollen, wenn sie sich für mich entschiede.

Was meinst du? Liege ich richtig mit meinen Gedanken?"

Charles antwortete nicht sofort, sondern dachte erst eine Weile nach:
„Es freut mich, dass du meine Worte so ernst genommen und sogar beherzigt hast. In diesem Fall bereue ich aber fast, was ich gesagt habe. Der Kerl meint wohl, er ist auf dem Viehmarkt. Du hast ganz recht, da muss man massiv dagegen halten. Unsere Gesetze lassen es leider nicht zu, dass man ihn einfach umlegt, schade,

dass wir nicht im Orient leben, da könnte man eine final biologische Lösung wählen. Ich denke aber, die Fresse müsste man ihm schon ordentlich polieren. Lass uns mitfahren, uns kennst dort niemand, wir wissen, wie man mit so einem Typen umspringt – nach Südstaaten-Art."

Werner dankte dem Freund für die angebotene Hilfe, bestand aber darauf, dass er die Sache alleine regeln müsse.
„Gut, dann lass' mich wenigstens mitfahren. Du bist übermüdet, aufgebracht und hast wahrscheinlich noch Alkohol im Blut, das sind keine guten Voraussetzungen für eine zweieinhalb-stündige Fahrt."

Werner willigte unter der Bedingung ein, dass Charles ein Stück vor dem Haus aussteigt und ihn allein hineingehen lässt. Er zog sein Jackett an, nahm noch einen Schluck Kaffee und eilte zum Auto. Charles nahm ihm den Schlüssel ab und setzte sich ans Steuer:
„Ich fahre, weil ich noch eine Weile leben will. Du bist mir zu aufgeregt und außerdem fährst du zu schnell." Werner wusste selbst, dass er eigentlich nicht fahrtüchtig war und setzte sich auf den Beifahrersitz.

Die Autobahnen waren ziemlich frei an diesem

Samstag und so kamen sie trotz der amerikanischen Fahrweise von Charles, die Werner in seiner Ungeduld fast wie Folter empfand, um die Mittagszeit in der Neubausiedlung in Seeland an. Wie besprochen stieg Charles aus und überließ Werner für den letzten Kilometer das Steuer. Der ließ den Motor aufheulen und startete mit durchdrehenden Rädern in Richtung von Brigittes Haus. Werner öffnete die Eingangstür und stürmtehinein. Der Schönling stand vor der Küche und sah Brigitte zu, wie sie etwas zum Essen zubereitete. Werner packte ihn an der Schulter, riss ihn herum und brüllte ihn an:

„Raus!"

und als der Schönling nicht sofort reagierte, ergriff er ihn am Hals und schob ihn in Richtung Ausgang. Der leistete keinen Widerstand mehr und verließ das Haus.

Brigitte schrie los, was ihm denn einfalle, schließlich könne er sich ja trotz allem wie ein zivilisierter Mensch benehmen.

„Setz dich!"

herrschte er sie an, gab ihr den Brief vom Schönling.

„Lies!",

stieß er im gleichen Tonfall hervor. Brigitte erkannte an der Schrift, wer der Schreiber war.

Nach den ersten Zeilen wurde ihr schummrig vor

Augen. Sie glaubte nicht weiterlesen zu können, aber das, was sie da las, zwang sie förmlich dazu. Sie schaute Werner an, als erwarte sie Hilfe von ihm, sie drehte den Brief um und wieder zurück, las ihn noch einmal und noch einmal. Sie konnte nicht begreifen, was da stand. Schließlich sackte sie in dem Sessel, in dem sie saß in sich zusammen, so als wäre alle Kraft aus ihr gewichen. Werner saß ihr schweigend gegenüber.

Sie hatten beide kein Zeitgefühl mehr. Sie wussten nicht, wie lange sie so saßen. Ab und zu sahen sie durchs Fenster den Schönling, wie er ums Haus schlich, zu feige, um wieder hereinzukommen, als Brigitte sich plötzlich aufrichtete. Sie hatte ihre Lebenskraft wieder gefunden, ging ins Schlafzimmer und holte zwei Koffer und zwei zusammengefaltete Umzugskartons. Sie warf alles, was vom Schönling war, achtlos in die Behältnisse. Die waren reichlich schwer geworden.
„Hilf mir", sagte sie zu Werner.
Und zusammen trugen sie die Sachen vor die Tür. Als der Schönling fragte, was das solle, sagte Brigitte nur noch;
„Gib mir den Schlüssel und hau ab!"
Charles hatte die Szene aus der Ferne beobachtet und kam zum Auto. Er half den beiden noch, alles vom Grundstück herunter an

145

den Straßenrand zu stellen und fragte dann:
„Können wir fahren?"
Werner nickte , hielt Brigitte die Autotür auf und setzte sich neben sie auf die Rückbank. Nach kurzer Fahrt forderte der Alkohol und der Schlafmangel der letzten Nacht ihren Tribut. Die Anspannung der vergangenen Stunden fiel von ihm ab und er schlief ein. Sein Kopf rutschte zur Seite auf Brigittes Schulter und sie ließ es geschehen.

Zu Hause angekommen, weckte sie ihn ganz vorsichtig, fast zärtlich. Sie stiegen aus und spürten, dass der Wind auf Südwest gedreht hatte. Er trieb jetzt nicht mehr dicke Wolken in kalten Böen vor sich her, sondern war einem angenehm warmen Säuseln gewichen. Der nasse Rasen im Vorgarten dampfte, als wolle er alles Schlechte ausdünsten. Sie stiegen aus und gingen ins Haus. Charles rief sich ein Taxi und verabschiedete sich:
„Der Wagen kommt gleich – ich warte draußen."
Die beiden waren jetzt allein. Brigitte öffnete die Terrassentür und setzte sich auf die davor stehende kleine Gartenbank. Werner holte eine Flasche Rotwein, schenkte zwei Gläser ein und setzte sich zu seiner Frau. Schweigend schauten sie in die beginnende Abenddämmerung.

Der Sonntagmorgen machte seinem Namen alle Ehre. Die aufgehende Sonne schien mit jeder Fingerbreite, die sie sich über den Horizont schob, die Erde um ein paar zehntel Grad wärmer werden zu lassen. Während Werner im Sitzen auf der Gartenbank einen reichlich unbequemen Schlafplatz gefunden hatte, war Brigitte auch mental wieder zu Hause angekommen. Sie konnte auf der bockigen Bank keine Ruhe finden und löste sich deshalb vorsichtig von Werner, der tief und fest weiterschlief. Sie ging nach oben und begann die Betten frisch zu beziehen:
„Wer weiß, wer da drin geschlafen hat, so lange ich weg war,"
dachte sie dabei.

Nach all' dem, was seit Werner's Ankunft in Seeland auf sie eingestürzt war, fand sie wieder ziemlich schnell zu sich. Ein Hilfsmittel dabei war, einfach in Gedanken von einem Seitensprung ihres Mannes auszugehen mit:
„Der ist bestimmt auch kein Heiliger".
Mit dieser typisch weiblichen Hypothese relativierte sie für's Erste einmal ihr eigenes Handeln.

Was allerdings immer noch in ihr nagte, war die nackte Wut, die sie empfand wenn immer wieder Bilder des Schönlings vor ihren inneren

Augen hochkamen, während sie die Betten im Schlafzimmer herrichtete. Diese Wut steigerte sich so sehr, dass sie anfing in Hass umzuschlagen. Sie war noch nie in ihrem Leben so enttäuscht worden.

In ihrem Kopf tanzten die Gefühle von Wut, Hass, äußerster Frustration, Ohnmacht, tiefer Scham und dann wieder Mordgelüsten und Verzweiflung sowie Ratlosigkeit darüber, wie es weitergehen könnte, miteinander Ringelreihn. Sie war noch nie so gedemütigt worden wie vom Schönling. Sie ärgerte sich über sich selbst, weil sie sich offenbar in etwas hinein geträumt hatte, von dem sie stets überzeugt war, dass es ihr nicht passieren könnte. Wenn manchmal in den Boulevard-Zeitungen über Prominente geschrieben wurde, die sich von ihren Partnern getrennt haben, um irgendeinem Gigolo nachzulaufen, dann hat sie sich im Kreis von Bekannten und Arbeitskollegen darüber immer lustig gemacht:

„Wie doof muss so eine sein, dass sie wegen so einem Typen alles wegschmeißt, was in Jahren gewachsen ist. Die Weiber behaupten dann meistens, sie hätten da die Chance gesehen, noch einmal ganz von Neuem anzufangen und endlich ihre unerfüllten Träume zu leben. Mein Gott, wie naiv muss man sein, wenn man auf solche Ideen kommt."

Jetzt war es ihr selbst passiert. Sie spürte ihre Verunsicherung, und merkte, dass sie ein großes Stück ihres Selbstbewusstseins verloren hatte. Und über allem standen die Fragen:

„Wie soll es mit Werner weitergehen? Hat unsere Ehe überhaupt noch eine Zukunft?" Warum ist Werner so ruhig? Warum tobt er nicht herum? Bin ich ihm vielleicht schon völlig egal oder hat er schon lange eine Andere und ist jetzt froh, dass er mich auf elegante Weise los wird?"

Die letzte Möglichkeit hätte ihr von allen schlechten am Besten gefallen, denn dann wäre sie das Opfer gewesen. Am Besten wäre aber gewesen, wenn sie Werner hätte um Verzeihung bitten und sie sich hätten versöhnen können. Aber sie kriegte die Kurve nicht, sie schämte sich zu sehr und war auch zu stolz, um den ersten Schritt zu tun. Diese Mischung aus Scham und Stolz, das wusste und fühlte sie, musste sie überwinden, aber sie schaffte es nicht. Ja, wenn Werner auf sie zu käme...?! Als die Betten fertig waren und in fröhlichen Frühlingsfarben leuchteten fiel Brigitte erschöpft hinein.

Einige Zeit später erwachte Werner. Er lag, oder besser gesagt, er hing noch in äußerst unbequemer Lage auf der ungepolsterten

Gartenbank. In beiden Gläsern stand noch ein Rest des Rotweins. Er brachte ihm in seiner Schlaftrunkenheit sofort die Erinnerung an den Abend zurück. Er schaute sich um und sah, dass Brigitte nicht mehr da war. Unruhe erfasste ihn, weil er schon befürchtete, sie sei wieder weggegangen. Er stand auf, schaute aus dem Fenster und sah Brigittes Auto auf dem Vorplatz vor der Garage stehen.

„Zu Fuß wird sie ja wohl nicht gegangen sein," dachte er ein wenig erleichtert. Er ging nach oben und roch den aus dem Bad kommenden feinen Duft von Brigittes Duschgel und Parfum. Erleichtert ging er zum Schlafzimmer und fand sie friedlich schlafend in ihrem Bett. Nachdem er selbst ausgiebig geduscht hatte, fühlte er sich, als habe er nach einer langen Reise durch die Wildnis wieder in die Zivilisation zurückgefunden. Vorsichtig, um Brigitte nicht zu wecken, legte er sich in sein Bett. Es war ein wunderbares Gefühl sich mit seinen schmerzenden Knochen unter dieser herrlich duftenden Decke zu vergraben. Schon nach wenigen Atemzügen schlief er erneut ein.

Am frühen Vormittag brachten ihre Freunde die Kinder zurück. Die fanden Brigitte und Werner noch fest schlafend in ihren Betten vor. Lisa, mit ihren vierzehn Jahren die älteste von den dreien, übernahm das Kommando und ordnete an, dass sie jetzt ein kleines Brunchbuffet arrangieren sollten. Sie setzte Kaffeewasser auf, ließ von den Geschwistern den Tisch eindecken und holte einen kleinen Strauß Blumen aus dem Garten. Gemeinsam brieten sie Speck mit Spiegeleiern, stellten Schinken, Käse, Marmelade, Butter und frisches Obst auf den Tisch und holten Orangensaft aus dem Kühlschrank. Den füllten sie in einen Glaskrug ab, weil es in ihrem Haus einem Sakrileg gleichkam, Plastik oder Tetra-Beutel auf den Tisch zu stellen. Als Krönung brachte dann Sebastian, der Mittlere, wie eine Trophäe den neuen Vier-Scheiben-Toaster, den Werner von einer Geschäftsreise nach Manchester mitgebracht hatte, herein und platzierte ihn auf einem kleinen Beistelltisch.

Brigitte wachte zuerst auf. Es war wohl die Mischung der Gerüche aus Kaffee und gebratenem Schinkenspeck, die sich mit dem Geklapper von Geschirr zu einer Atmosphäre des Zuhause-Seins vereinten. Sie stand auf und ging hinunter zu den Kindern, die sie freudig und mit lautem Geplapper begrüßten. Werner wurde dadurch ebenfalls wach, wurde allerdings nicht so überschwänglich begrüßt, denn er war ja nicht weg gewesen. Lediglich Sarah, die kleinste, die sich mit ihren neun Jahren noch ihren kindlichen Instinkt bewahrt hatte, schaute die Eltern mit einer Mischung aus Misstrauen und fragender Zuneigung an. Sie fühlte, dass manches an der Szene nicht ganz echt war.

Am Montagmorgen schien wieder Alltäglichkeit eingekehrt zu sein. Sie standen alle auf, frühstückten zusammen, die Kinder gingen zur Schule, Werner fuhr ins Büro, lediglich Brigitte wollte noch eine kleine Auszeit nehmen, was aber nichts Ungewöhnliches war, denn sie konnte sich ihre Arbeitszeit frei einteilen.

Als Werner in seine Firma kam, schien auch dort alles in gewohnter Routine abzulaufen. Der Verkehr war ausnahmsweise einigermaßen störungsfrei gelaufen, so dass er eine Viertelstunde früher da war, als gewöhnlich. Maria saß schon an ihrem Schreibtisch und nahm gerade einige Telefaxe aus dem Gerät. Sie waren auf dem üblichen stinkenden Transferpapier gedruckt, von dem sie mit der Zeit bis zur Unkenntlichkeit verblassten. Werner hatte deshalb angeordnet, alle Faxe von einer bestimmten Bedeutung mit dem Laserdrucker auf Normalpapier zu kopieren. Deshalb verschwand Maria, als alles angekommen war im Kopierraum. Der Betriebsrat hatte verlangt, dass in allen Abteilungen solche abgeschlossenen Räume eingerichtet würden, weil die Laserdrucker gesundheitsschädliches Ozon ausstießen. Dass man vergessen hatte, in diesen Räumen für eine ausreichende Belüftung zu sorgen, verstand Werner nicht. Aber er hatte keine Angst vor dem Ozon und sagte nichts, denn er wollte keine schlafenden Hunde wecken und hatte auch keine Lust, damit möglicherweise horrende Umbaukosten zu provozieren.

Als Maria zurückkam legte sie die Originalfaxe in einer Hängeregistratur ab, in der die Dinger wenigstens nicht dem Licht ausgesetzt waren, die Kopien bekam Werner. Er sah, dass die Konzernzentrale überraschend schnell reagiert hatte und ihm bereits erste Vorschläge schickte für die Neubesetzung des Co-Geschäftsführer-Postens. Im Begleitschreiben dazu wurden weitere Vorschläge avisiert, die kurzfristig eintreffen sollten. Er dachte nicht länger darüber nach, warum das so schnell ging und machte Maria gegenüber lediglich die beiläufige Bemerkung:
„Man könnte fast meinen, die hätten das schon gewusst."
Maria meinte dazu nur:
„Die haben dort doch genug Leute, die froh sind, wenn sie mal etwas zu tun haben."
Werner lachte:
„Sie haben ja eine schöne Meinung von ihren Kolleginnen."
Sie fragte Werner, ob er auf den Anschreiben zu den Bewerbungen auch gesehen habe, unter

welchem Datum die abgefasst wurden. Da fiel ihm erst auf, dass die teilweise schon einige Monate alt waren. Maria stellte fest:

„Die haben sich alle schon für irgendeine andere Position im Konzern beworben, aber da wollte sie niemand und jetzt versuchen sie uns dieses Grobzeug aus der zweiten, dritten oder noch mehr Wahl unterzujubeln. Ich denke, es ist besser, wir warten erst einmal die neuen Bewerbungen ab und sie suchen dann jemand aus, der erste Wahl ist."

Werner gab ihr Recht und legte die Bewerbungen beiseite.

„Dann gehen wir lieber zum business as usual über. Was haben wir denn heute so alles vor?"

Maria hatte wie immer eine Agenda für den laufenden Tag vorbereitet und las ihm die einzelnen Punkte vor. Es war hauptsächlich Routine, was anlag. Einige Briefe mussten beantwortet werden, die Wirtschaftsprüfer baten um Rückruf, um einen Termin für einige relativ unwichtige Erläuterungen und für die Bilanzbesprechung zu vereinbaren. Daran sollten auch Dr. Scheuermann und Dr. Boltz teilnehmen, weshalb er Maria bat, erst einmal mit deren Büros abzusprechen, wann sie Zeit hätten. Für elf Uhr hatten sich die Amis noch einmal angesagt. Er wandte sich wieder an Maria:

„Lassen sie uns doch bitte um die Mittagszeit Schnittchen bringen und wenn es geht, auch eine Suppe, damit wir unsere Besprechung nicht unterbrechen müssen."

Er bedankte sich bei ihr und schaltete das Diktaphon ein, während Maria sein Büro verließ. Mit den Briefen war er gerade fertig geworden, als die Amis, sich laut unterhaltend das Vorzimmer betraten. Werner ging hinaus, um sie zu begrüßen. Ronald wollte ihm die Kreditkarte diskret zurückgeben, doch Werner verwies ihn an Maria:

„Sie macht die Bewirtungsabrechnungen. Mir ist das zu kompliziert."

Zu Maria sagte er nur:

"Sie wissen ja, 'nützliche Zuwendungen'."

Maria nickte und nahm die Karte an sich, um sie wieder zu verwahren. Paul und Ronald war das sichtlich peinlich, dass nun Maria Mitwisserin ihres Wochenend-Vergnügens wurde. Maria sah das ihren Gesichtern an und beruhigte die beiden in vertraulichem Ton und indem sie ihnen zuzwinkerte:

"There is nothing foreign to me".

Sie lachten:"Many thanks to you Miss Maria."

Werner hatte gleich morgens einen Mitarbeiter aus der EDV gebeten, seinen PC und den Drucker im Besprechungszimmer aufzubauen. Paul und Ronald zeigten ihre Anerkennung, indem sie mit dem Daumen nach oben zeigten und da sie jetzt unter sich waren, noch hinzufügten :

„A gergeous girl.“
„Yes I'm happy to have her on my side.“

Werner hatte auf seinem Computer in einer Synopse die möglichen Alternativen für eine Zusammenarbeit dargestellt. Das joint venture war in Klammern aufgeführt, da es von seiner Konzernleitung kategorisch ausgeschlossen worden war, aber trotzdem zumindest theoretisch einen gangbaren Weg darstellte.

Die anderen Möglichkeiten waren verschiedene Beteiligungsmodelle, die alle die Amis als Mehrheitsgesellschafter sahen. Werner hielt es für am Wahrscheinlichsten, dass seine Vorturner der Gründung einer deutschen GmbH zustimmen würden, sofern das Risiko berechenbar und auf den Verlust des eingesetzten Kapitals begrenzt blieb. Die Amis stellten sich ein Gründungskapital in Höhe von zehn Millionen Dollar vor und boten Werner an, mit bis zu 49 Prozent des Kapitals einzusteigen, bei Ausschluss jeglicher Nachschusspflicht. Der Gewinn sollte dann jeweils hälftig aufgeteilt werden.

Werner wusste aber schon aus früheren ähnlich gelagerten Fällen, dass der Vorstand bestimmt nicht zustimmen würde, wenn das Gründungskapital so groß wäre, wie von den Amis vorgeschlagen. Deshalb verhandelte

Werner an diesem Tag noch lange mit ihnen, um eine Möglichkeit für eine langfristige und nachhaltige Lösung zu finden. Am späten Nachmittag unterbrachen sie ihre Gespräche und vertagten sich auf den nächsten Vormittag.

Als er am Abend nach Hause kam, war die Nanny noch da. Ihr hatte Werner eine Andeutung gemacht, warum Brigitte zwanzig Tage lang nicht zu Hause war. Und obwohl sie aus dem Verhalten von Brigitte spüren konnte, dass noch nicht alles wieder im Lot war, flüsterte sie ihm einen Glückwunsch zu. Mit Brigitte hatte sie noch nicht gewagt über ihre Lage zu sprechen, weil sie nicht wusste, ob Brigitte wissen sollte, dass sie quasi eingeweiht war. Werner dankte ihr, denn er würde sicherlich Brigitte eines Tages davon erzählen, wollte aber erst einmal abwarten, wie sich die Dinge entwickeln würden.

Die Nanny hieß eigentlich Agathe, den Kindern war dieser Name aber unsympathisch, er war ihnen zu altmodisch und passte überhaupt nicht zu ihr, wie sie damals meinten, als Agathe zum ersten Mal da war. Lisa schlug vor, sie einfach Nanny zu nennen. Mit Anfang Fünfzig war sie schon verwitwet. Ihr einziger Sohn hatte eine gut dotierte Stelle an der Universität von Vancouver und sie wollte nicht den Rest ihres Lebens in irgendeiner Wohnung versauern. Sie hatte von Freunden gehört, dass Wielandt's jemanden suchten und bewarb sich. Als sie sich vorstellte, war das Liebe auf den ersten Blick. Sowohl die Kinder als auch die Eltern, mochten sie, die Chemie stimmte in jeder Hinsicht. So war sie in kurzer Zeit zu einer Freundin, ja fast zu einem Familienmitglied geworden.

Werner war am nächsten Tag schon sehr früh im Büro, denn er und seine amerikanischen Freunde waren am Vortag so weit gekommen, dass sie jetzt in der Lage waren, für mindestens drei Szenarien Business-Pläne vorlegen zu können. Werner hatte sich vorgenommen eine Kalkulationstabelle zu erstellen, die verschiedene Wenn-dann-Rechnungen ermöglichte. Es gab dazu noch keine Vorlagen, so dass er so etwas praktisch für seine Zwecke neu erfinden musste. Er hatte sich einige Stunden lang mit dem Lotus-Programm beschäftigt und fühlte sich fit genug, um sozusagen live die erforderlichen Auswertungen erstellen zu können. Die vier diskutierten die einzelnen Ergebnisse bis ins kleinste Detail noch einmal durch und beschlossen dann, sie ihren jeweiligen Entscheidungsträgern vorzulegen.

Werner bat Maria für Ronald, Paul und Charles noch ein Lunch-Paket bringen zu lassen, damit sie auf ihrem Rückflug nicht verhungern müssten. Dann verabschiedeten sie sich recht stolz darauf, dass sie so viel geschafft hatten, obwohl für Werner dieses Wochenende unter keinem guten Stern gestanden hatte.

Bis der Imbiss aus dem Bistro, das gleich um die Ecke lag, kam, nahm Charles die Gelegenheit wahr, Werner darüber zu unterrichten, dass er seinen Kollegen nicht alles, aber doch im Telegrammstil von dem erzählt habe, was vorgefallen war. Charles wollte sich bei Werner dafür entschuldigen und rechnete damit, dass Werner verärgert wäre. Der schaute einige kurze Momente schweigend vor sich hin und sagte dann an alle drei gerichtet:
„Das ist gut so, ich hätte nämlich nicht so recht gewusst, wie ich hätte anfangen sollen. Und wenn man dann so umeinander herumschleicht und der eine ständig bemüht ist, sich nichts anmerken zu lassen und die anderen ihrerseits so tun müssen, als wüssten sie nichts, dann führt das zu nichts Gutem, vor allem nicht zu einem guten Gesprächsklima."
„Und wie geht es jetzt weiter mit dir und Brigitte," fragte Paul. Werner holte tief Luft und atmete ein oder zwei mal durch die Nase, dann sagte er, indem er drei mal auf das hölzerne Stuhlbein klopfte:
„Ich glaube, wir sind auf einem noch weiten, aber guten Weg."

„Okay my friend, good luck to you and all the best to Brigitte."

Es klopfte und ohne lange zu warten kam der Bote vom Bistro und brachte drei riesengroße prall gefüllte Tüten. Als Werner später Maria fragte, was sie denn bestellt hätte, sagte sie, sie habe nur um ordentliche Portionen gebeten, solche für Bergarbeiter und Elefanten.

Als die drei Amis überhäuft mit guten Wünschen gegangen waren, brachte Maria einige neu eingegangene Bewerbungen, von denen sich weder Werner noch Maria vorstellen konnten, aus welchen Ecken die Zentrale die hervorgezogen hat. Die Stelle war noch nicht ausgeschrieben und doch standen schon Interessenten auf der Matte. Busch- und Flurfunk funktionierten offensichtlich ausgezeichnet. Eine der Unterlagen, die ihm Maria auf den Schreibtisch legte, fiel ihm wegen ihres Schriftbildes besonders auf. Sie machte rein optisch schon einen guten Eindruck, war sauber und klar gegliedert, so dass man sich nicht erst die Karten legen musste, um zu finden was, wo stand. Mit einem:

„Den sollten wir uns genauer anschauen",

reichte er die Unterlagen hinüber zu Maria. In ihrem Gesicht glaubte er für Sekundenbruchteile ein ganz leichtes Lächeln bemerkt zu haben, vergaß das aber wieder im gleichen Moment.

Maria legte die Bewerbung im Ablagekorb A ab, von den anderen kamen zwei in den Korb B und der Rest landete in C. Werner hatte ihr diese A,B,C -Sortierung beigebracht. A bedeutete 'gut', B stand für 'zur Not', C hieß 'kann weg.' Ein solches System hatte er auch, wenn es um Fragen der Beschaffung ging. Dort hießen die drei Bereiche 'must be', 'should be', 'nice to have'. Mit dieser Dreiergliederung hatte er bislang sehr gute Erfahrungen gemacht, wenn es darum ging sich für das eine und gegen das andere zu entscheiden. Maria hatte dieses System sofort begriffen und alles, was im Posteingang nach Bewerbung aussah, entsprechend vorsortiert. Werner empfand es als große Hilfe, denn er musste nicht mehr jeden Schreiber darauf überprüfen, ob seine Unterlagen vollständig, die Lebensläufe plausibel, seine Studiengänge in das Anforderungsprofil passten oder auch nur sein Alter im gewünschten Rahmen lag. Er bekam von Maria alphabetisch sortierte entscheidungsreife Akten. Mit etwas Bekümmerung sah er, dass der A-Stapel nicht so recht anwachsen wollte. Er hätte lieber eine größere Bewerberzahl gehabt, um eine richtige Auswahl treffen zu können.

Nach ein paar Tagen war das Häuflein der in

Frage kommenden Herren noch kleiner geworden, weil einer von ihnen und die einzige Frau im Kreise der Aspiranten, von sich aus abgesagt hatten. Der Vorstand wurde aktiv und verlangte von Werner eine baldige Entscheidung. Also ließ er Maria schließlich die beiden Verbliebenen zu einem Erstgespräch einladen. Vom Vorstand kam Dr. Boltz dazu, weil Werner solche Gespräche nie allein führen wollte.

Der erste von den beiden, war ein versierter Mann, der Steuer- und Wirtschaftsprüfungswesen studiert hatte. Diese Qualifikationen waren sehr wichtig, weil man im Rahmen des Wechsels in der Geschäftsführung beschlossen hatte, einen Rollentausch vorzunehmen. Werner hatte gezeigt, dass er nicht nur ein besonders guter Mann für Bilanz- und Rechnungswesen war, sondern er erwies sich, vor allem seit der Abwesenheit von Fritz, mehr und mehr als Generalist. Es zeigte sich, dass er vernetzt denken konnte, in der Lage war komplizierte und komplexe Vorgänge und Strukturen schnell zu durchschauen und zu analysieren. Vor allem aber, so fand Dr. Boltz, stellte er die richtigen Fragen:
„...denn nur, wer die richtigen Fragen stellt, kann hoffen, die richtigen Antworten zu bekommen," war sein Credo.

Dr. Scheuermann und Dr. Boltz wunderten sich aber auch über den Visionär, den sie in Werner sahen. Seine Vorstellungen, von dem, was künftig wichtig sein würde in der Unternehmensführung, konnten sie zunächst nicht teilen, weil sie überhaupt nicht verstanden, was er mit „vorauseilender Information" meinte. Wurde er danach gefragt, so war das wieder so ein Fall, bei dem er aufpassen musste nicht überheblich und arrogant zu wirken, wenn er antwortete. Denn für ihn lag doch alles klar auf der Hand:

„Denken sie einfach, was passiert, wenn sie irgendwelches Produktionsmaterial bestellen. Sie stellen eine Liste zusammen mit dem, was sie brauchen, diese Liste übertragen sie auf ein Bestellformular, das sie ihrem Lieferanten schicken. Der schreibt es ab...."

Werner brach in diesem Bereich seines Erklärungsversuchs meistens ab, weil ihm seine Zuhörer durch ihre Körpersprache signalisierten, dass sie sich langweilen und sie es eigentlich gar nicht so genau wissen wollten.

„Machen sie es kurz," oder:

„Bitte keine Vorlesung,"oder:

„Wir haben nicht so viel Zeit", hieß es dann von denen, die sich so interessiert gegeben hatten.

„Und dann mündet alles in den Vorwurf, ich würde Herrschaftswissen ansammeln," ärgerte sich Werner oft. Er war deshalb dazu übergegangen, zu allen diesen Fragen schriftliche Antworten zu formulieren und den Fragern zu antworten:

„.... ich schicke ihnen da was zu."

die meisten lasen auch das nicht, aber Werner konnte, wenn man immer wieder mit dem Vorwurf kam, er sei kein Team-Player darauf verweisen:

„... habe ich schon am...meine Erläuterungen dazu schriftlich mitgeteilt..."

Damit war er dann in dieser Hinsicht aus dem Schneider.

Jetzt aber saß da ein Bewerber um eine Geschäftsführerposition, der künftig Rechnungswesen und Controlling bestimmen und für die Grundlagen der Unternehmensplanung verantwortlich sein sollte. In dem Gespräch entpuppte er sich allerdings je länger es dauerte umso mehr als Erbsenzähler und Korinthenkacker.

Als Dr. Boltz ihn fragte, inwieweit er im Rechnungswesen ein Informationssystem sehe, erklärte er, dass er hauptsächlich im Produktions- und Vertriebsbereich sein Aufgabenspektrum sehe und das Rechnungswesen und das Controlling dafür da sei, alles wie der Name schon sage unter

Kontrolle zu halten.

„Vertrauen ist gut – Kontrolle ist besser"
formulierte er fast schon im Tonfall eines
Agitprop – Kommissars. Werner konnte es sich
nicht verkneifen, ihn zu fragen:

„Sind sie Leninist?" Er schüttelte wortlos den
Kopf und fragte zurück:

„Wie kommen sie denn darauf?"

„Na wenn sie hier Lenin zitieren."

Der Bewerber verstand das alles nicht und Dr,
Boltz drehte die Augen zum Himmel und dachte:
„dumm ist der auch noch."

Höflich aber bestimmt, beendete er, sozusagen
als Ranghöchster, das Gespräch und wandte
sich an den Bewerber:

"Vielen Dank für das sehr interessante Gespräch.
Ich bitte sie um Verständnis, dass wir heute
noch nichts sagen können. Das wäre einfach
unfair den vielen anderen gegenüber, die noch
auf unserer Liste stehen, die sollen auch ihre
Chance bekommen."

In diesem Stil und mit noch ein paar
unverbindlichen Worten begleitete er ihn zum
Aufzug. Von dort zurück ließ sich Dr. Boltz mit
einem tiefen Seufzer in seinen Stuhl fallen:

„Mein Gott und nach der Papierform sah der
doch so gut aus."

„Nun gut --- vielmehr nicht gut --- kann es sein,
dass Frau Budweiser am Telefon noch von einem

weiteren Kandidaten gesprochen hat?"

Als Maria dies bestätigte, fragte er weiter:

„Und wann können wir uns den genauer ansehen."

„Er wird in genau einer Stunde hier auf dem heißen Stuhl Platz nehmen."

bekam er als Antwort.

„Okay, dann machen wir solange ein Päuschen."

schlug Werner vor und öffnete das Fenster, mit der Bemerkung:

„Ich will einmal etwas 'frische Atmosphäre' hereinlassen."

Dieser Ausspruch sei, so erläuterte Werner, in seinem Haus ein running Gag:

"Brigitte hatte in ihrer Schulzeit einen Lehrer mit Namen 'Luft' und der konnte ja schlecht die Klasse auffordern 'einmal auszulüften' oder 'frische Luft hereinzulassen' . Für meine Kinder war es eine lustige Anekdote und sie übernahmen den Ausdruck."

„Wie viele Kinder haben sie denn?"

fragte Dr. Boltz.

„Drei, zwei Mädchen und ein Junge und die alle mit der gleichen Frau. --- Auf jeden Fall begann der Spruch irgendwann ein Eigenleben zu entwickeln. Immer wenn wir einen Unsympathen zu Gast hatten oder andere unangenehme Menschen bei uns waren, kam wenn sie gegangen waren von einem der Kinder:

„Lass mal jemand frische Atmosphäre rein."

Kurz darauf kam der Kellner von gegenüber und brachte frische Canapés. Sie sahen sehr appetitlich und aus und sie griffen gerne zu. Dr. Boltz hatte es sich in seinem aufwändig gepolsterten Lederstuhl, der schon eher ein Sessel war, bequem gemacht und schickte sich an, ein Schläfchen zu halten.

Werners Gedanken schweiften ab und fielen zurück zu jenem merkwürdigen Vorgang nur drei Tage nach Brigittes Rückkehr.

Er hatte so wie immer die Kinder ein Stück weit mitgenommen, so dass sich ihr Schulweg, an der Kreuzung, an der er sie absetzte halbierte, sie aber bei ihren Schulkameraden nicht in den Verdacht gerieten 'Mama-Kinder' zu sein. Dann war er in die Firma gefahren, wo er stets kurz vor acht Uhr eintraf.

So erreichte ihn als er gerade mit Maria den Tagesplan durchsprach ein aufgeregter Anruf von Brigitte. Sie erzählte ihm nach Luft und Worten ringend, dass soeben die jüngste seiner Schwestern in Begleitung zweier Mitarbeiter des Jugendamtes und von zwei Polizisten in ihr Haus gestürmt seien und die Kinder an sich nehmen und, wie sie sagte, in Sicherheit bringen wollten.

Werner dachte nicht lange nach, sagte Brigitte: „Ich komme gleich und bringe den Anwalt mit,“ rief dann seinen Firmenanwalt an, dem er in kurzen Worten die Situation schilderte. Ihm musste er nicht viel erklären, denn er wusste über das Verhältnis von Werner zu seiner Familie Bescheid. Sie vereinbarten, sich sogleich im Haus von Werner zu treffen. Als Werner eine halbe Stunde später dort eintraf, fand er eine fast kafkaeske Situation vor. Da standen zwei offensichtlich ratlose Polizisten mit zwei Beamtinnen vom Jugendamt, die nicht aussahen, als hätten sie die tiefen Teller erfunden, im Wohnzimmer. Vor ihnen saß Brigitte,die immer wieder eine richterliche Verfügung zur Legitimation deren Vorgehens forderte, und seine Schwester, die ständig von 'Gefahr im Verzuge' faselte und von den Polizisten forderte, Verstärkung zu holen und das Haus von unten bis oben zu durchsuchen, denn da würden drei Kinder völlig vernachlässigt und würden verkommen, weil die Mutter abgehauen sei. In ihrer Hysterie nahm sie nicht mehr wahr, dass Brigitte ihr gegenüber saß. Die beiden Polizisten versuchten über ihre Walkie-Talkies ihre Dienststelle zu erreichen, konnten aber nur eine sehr schlechte Verbindung bekommen. Die Benutzung des Telefons hatte ihnen Brigitte verboten und sie wussten nicht, ob sie sich über dieses Verbot hinwegsetzen durften, ohne gegen irgendwelche Dienstvorschriften zu verstoßen. Werner schnauzte sie an, dass ihr Vorgehen nicht folgenlos bleiben würde und sie sich schon einmal auf eine beförderungslose Zeit im Objektschutz einrichten sollten. Dann ließ er ganz den Offizier raushängen nahm einen Schreibblock und einen Kuli zur Hand und brüllte die beiden an:

"Nehmen sie gefälligst Haltung an und hängen sie hier nicht rum wie in die Luft geschissene Fragezeichen! Ich hätte gern ihre Namen, Dienstgrade, Einheit!"

Werners Schwester war ebenfalls still geworden. So hatte sie ihren Bruder noch nie erlebt und auch noch nie, wie er Gehorsam einforderte und – das überraschte sie völlig - ihm bedingungsloser Respekt entgegen gebracht wurde. Die beiden Polizisten kamen kleinlaut der Aufforderung nach.

Es klingelte an der Haustür, die Nanny, die unmittelbar davor auch eingetroffen war, öffnete. Draußen stand Rechtsanwalt Schiller, der vorsichtshalber seinen Assessor, einen Praktikanten und seine Anwaltsgehilfin mitgebracht hatte, denn er wusste, dass sich Behördenangehörige von einer großen Truppe immer einschüchtern ließen und im Zweifel klein bei gaben.

Werner bat die vier ebenfalls ins Wohnzimmer, das sich allmählich mit der durchaus ansehnlichen Menschengruppe füllte, Werner stellte sich auf wie ein Befehlshaber, der seine Truppe auf die nächsten Schritte einschwor.

„Herr Schiller, bitte erstatten sie Anzeige wegen Hausfriedensbruch und Nötigung gegen die ganze Gesellschaft hier."

Er beschrieb mit seinem Arm einen umfassenden Bogen. Einer der Polizisten hob die Hand, um sich zu Wort zu melden, aber Werner hatte wieder seinen Befehlston drauf:

„Halten sie den Mund, reden sie gefälligst nur, wenn sie etwas gefragt sind. In ihrem Disziplinarverfahren werden sie noch genug Gelegenheit haben zu reden."

Rechtsanwalt Schiller ergriff das Wort:

„Wenn ich das richtig sehe, ging die Initiative zu dem ganzen Spektakel ja vom Jugendamt aus. Wer hat das veranlasst?"

Nach einer kurzen Pause kam ein schüchternes: „Ich."

Die eine Vertreterin des Jugendamtes hob die Hand.

Werner fuhr sie in seinem Befehlsausgabe-Ton an:

„Waren sie zu so einer Maßnahme überhaupt legitimiert?"

Die Frau vom Jugendamt, die sich als Frau Mielke vorgestellt hatte, schaute ihn fragend an.

„Ich meine durften sie das überhaupt laut ihrer Dienstordnung anordnen?"

Der Frau kamen die Tränen. Schillers Assessor, der aus DDR stammte, grinste:

„Ausgerechnet Mielke."

Schiller überging die Szene und fragte weiter:

„Wie kamen sie dazu, so ein Spektakel zu veranstalten?"

Die Mielke zeigte, in dem ihr die Tränen hervorquollen auf Werners Schwester. Die habe in ihrem Amt zwei Tage lang verrückt gespielt, ständig ihren Anwaltsausweis vor sich her getragen, alle einschlägigen Paragraphen zitiert und ihren Vorgesetzten so unter Druck gesetzt, dass er schließlich aufgab und sie beauftragte, die Sache mit den geeigneten Maßnahmen zu Ende zu bringen. Sie habe schließlich der Frau Anwältin geglaubt.

Schiller, einer von der alten Schule, zog ein großes weißes Taschentuch aus der Innentasche seines Jacketts und reichte es ihr mit galanter Gestik. Er ging auf sie zu und sagte in vertraulichem Tonfall:

„Lassen sie nur, sie haben doch nur ihre Pflicht getan. Ihnen aber,"

sagte er jetzt zu Werners Schwester,

„rate ich, sich warm anzuziehen. Sie wissen ja

selbst, was jetzt auf sie zukommt."

Wenige Minuten später verließ eine merkwürdige Prozession das Haus: Vorneweg gingen zwei Polizisten, dahinter kamen zwei Mitarbeiterinnen des Jugendamtes, ihnen folgten Schillers Assessor, dann die Anwaltsgehilfin und der Praktikant, schließlich im gebührenden Abstand Rechtsanwalt Schiller in der Pose dessen, der alles gewonnen hat.

Die Nachbarn, die mehr oder weniger offen die Szenerie beobachtet hatten sahen als Letzte Werners Schwester weinend herauskommen und dann wie Werner und Brigitte vor das Haus traten, Werner Brigitte umarmte, ihr noch etwas ins Ohr sagte, und ihr einen Kuss auf die Wange gab. Das, was er ihr ins Ohr gesagt hatte konnten sie freilich nicht hören:
„Dieser Kuss ist für die Galerie."

Brigitte winkte ihm nachdenklich nach und ging ins Haus zurück. Die Gedanken daran, was der Schönling in dieser Situation wohl getan hätte, wenn er überhaupt dazu im Stande gewesen wäre, etwas zu tun und sich nicht im Fragen, was er denn tun solle und was das bringe, erschöpft hätte, ließ wieder die Wut darüber in ihr aufsteigen, dass sie sich auf diesen Taugenichts hat einlassen können. Sicherlich, er sah gut aus, hatte einen schönen Körper, sein Schwanz hatte die richtige Dimension, seine Ausdauer war groß genug, um eine Frau zum Orgasmus zu bringen, aber im Prinzip hatte Werner das alles auch. Was war es also, was sie veranlasste, Werner zu verlassen und sich auf den und seinen geistigen Dünnschiss, den er bei allen möglichen Gelegenheiten absonderte, einzulassen? Was an ihm hat sie so faszinieren können? Sie verstand sich selbst nicht mehr.

Brigitte war zwölf Jahre älter als er und wenn sie ehrlich zu sich selbst war, dann war es auch ihre Eitelkeit, die in dieser Beziehung befriedigt wurde. Nach der langjährigen Beziehung mit Werner und davon doch schon recht viele Jahre in einer Ehe, war es einfach ein Stück Abenteuer, das Gefühl, noch begehrt zu werden, noch einmal Verliebtsein zu spüren, noch einmal von einer neuen Zukunft zu träumen.

In den wenigen Stunden, die sie jetzt wieder richtig zu Hause angekommen war, wurde ihr bewusst, dass sie diese und auch keine andere Zukunft im Rückspiegel finden könnte. Wenn es eine neue, eine herausfordernde, eine spannende Zukunft sein sollte, dann müsste sie die erst einmal mit Werner und den Kindern suchen. Denn dies alles aufzugeben, wusste sie jetzt, war für sie nicht vorstellbar.

Sie rief im Verlag an und meldete sich wieder zurück. Gefragt, wo sie gewesen sei, was sie gemacht habe, ob sie krank sei, gab sie zur Antwort, sie habe eine kleine Auszeit gebraucht, um sich wieder selbst zu finden. Und weil man hörte, dass es ihr gut ging, fragte keiner mehr nach.

Dr. Boltz erwachte aus seinem Nickerchen und während er noch im Waschraum war, um sich ein wenig frisch zu machen, kam Maria in den Raum und kündigte den zweiten Bewerber an, einen Herrn Vogt. Dr. Boltz kam in diesem Moment zurück und rief:
„Dann herein mit ihm. Macht Platz für den Landvogt!"
Offenbar war er wieder guter Laune und hatte den schlechten Eindruck, den der vorherige Anwärter hinterlassen hatte, schon verdrängt.

Maria holte Siegfried Vogt aus Werners Vorzimmer, wobei der für einen kurzen Moment meinte, sie würde ihn am Hintern ins Zimmer schieben.
Vogt war nach dem ersten Eindruck zu urteilen ein freundlicher, offen in die Welt blickender Mann von nicht ganz vierzig Jahren. Er bewegte sich sicher in der ihm fremden Umgebung, betrachtete respektvoll, aber nicht ängstlich

seine Gesprächspartner und wartete, dass einer von denen das Wort ergriff. Nach den üblichen Präliminarien fragte ihn Dr. Boltz, warum er sich ausgerechnet in diesem Unternehmen beworben habe.

Alle wussten, dass auf keine der Fragen in einem Bewerbungsgespräch mehr gelogen wurde, weil jeder davon ausging, dass sie früher oder später gestellt würde und so bereiteten sich alle darauf vor, um begründen zu können, dass gerade dieses Unternehmen das Traumziel ihrer beruflichen Entwicklung sei. Je dicker da einer aufträgt, desto mehr spricht sein Verhalten dafür, dass er lügt, war Werners Meinung.

Aber dieser Siegfried Vogt machte eher einen bescheidenen Eindruck. Auf die Frage des warum, antwortete er überlegt und schränkte ein:
„... nach allem, was ich über das Unternehmen weiß... und, was ich aus der Presse entnehmen... soweit ich auf der Messe sehen konnte..."
insofern waren seine Antworten plausibel und begründet.

Als nächstes sprach man dann über das Rechnungswesen. Vogt sagte, dass er in einem fortschrittlichen Rechnungswesen das wesentliche Element für die

Unternehmensführung sehe:

„Es muss tagesaktuell sein. Die Zeiten in denen man ein Jahr lang vor sich hin wurstelte, um an dessen Ende ungeduldig darauf zu warten, was denn die Steuerberater für ein Ergebnis verkünden, sind vorbei. Wir brauchen in Zukunft tagesaktuelle Zahlen. Insofern hat das Rechnungswesen von morgen keine rückschauende, sondern eine vorausschauende Betrachtungsweise. Wir müssen Entscheidungen unter immer weniger Unsicherheit treffen können. Ohne ein EDV-basiertes Rechnungswesen haben wir keine Chance in einem immer schneller werdenden Umfeld mithalten zu können."

Werner war ganz und gar einverstanden mit dem, was Vogt sagte. Manchmal hatte er sogar den Eindruck, er höre sich selbst reden.

Nach über einer Stunde war das Gespräch zu dem Punkt gelangt, an dem man sich über die persönlichen Verhältnisse unterhielt. Es stellte sich heraus, dass Herr Vogt geschieden war, aber keine Kinder hatte. Seine Sprachkenntnisse bezogen sich auf verhandlungssicheres Englisch und in gleicher Weise auf spanisch. Seine Französisch Kenntnisse nannte er 'ausbaufähig', hielt sich jedoch für so sprachbegabt, dass er, wenn es erforderlich wäre, schnell ein level erreichen könnte, das ihm zumindest einfache Verhandlungen ermöglichen würde.

176

Nach dem üblichen Small-Talk, der sich solchen Gesprächen anschloss, wenn sie gut verlaufen waren, wurde Siegfried Vogt von Dr. Boldt und Werner verabschiedet. Maria sollte ihn zum Aufzug bringen. Sie ging voraus aus dem Besprechungszimmer, blieb in der Tür stehen und winkte ihn mit einem Handzeichen herbei. Werner fand Marias Verhalten reichlich unangemessen und nahm sich vor, sie gelegentlich einmal darauf anzusprechen.

Als nächstes standen jedoch einige Kundenbesuche an, die Werner für zwei Wochen auf eine Deutschland-Tournee führten, wie er diese Geschäftsreise nannte, die einmal im Jahr erforderlich war. Sie diente in erster Linie der Kontaktpflege und nicht irgendwelchen Abschlüssen oder gar Konfliktbeseitigungen.

Diese Reise ging in besonderem Maße über die Leber und führte zusätzlich zu einer nicht geringen Gewichtszunahme. Werner legt sie immer in eine erfahrungsgemäß ereignisarme Zeit, in der seine Anwesenheit im Unternehmen nicht unbedingt erforderlich war. Er teilte vor seiner Abreise die Aufgaben, die normalerweise von ihm zu erfüllen waren, den Abteilungsleitern zu. Er wurde dadurch entlastet, konnte aber auch gleichzeitig erkennen, auf wen er anspruchsvollere Aufgaben delegieren konnte und wer damit überfordert war. Das Sekretariat war ja bei Maria in guten Händen. Er rief sie jeden Tag an und ließ sich über alles unterrichten, von dem Maria wusste, dass es wichtig war und keinen Aufschub duldete. So konnte er entspannt und guten Gewissens seine Geschäftsreise durchführen.

Als er zurückkam, hatte die Konzernleitung einen weiteren Termin mit Vogt vereinbart, bei dem, wie Dr. Scheuermann sagte, 'Nägel mit Köpfen' gemacht werden sollten. Zum Anderen hatten sich am Vortag seiner Rückkehr die Amis gemeldet und um Rückruf gebeten. Maria hatte mit denen schon gesprochen und sie um ein oder zwei Tage Geduld gebeten.

Am Nachmittag seines Rückkehr-Tages sprach ihn Maria auf den Termin mit Vogt an. Sie wollte die Gesprächsagenda mit Dr. Scheuermann und Dr. Boltz abstimmen, wollte allerdings zuerst Werners Vorschläge dazu aufnehmen, um die den Vorzimmern der beiden mitzuteilen.
Werner wunderte sich:
„Jetzt schon?"
„Ja, dann haben wir mehr Luft, falls sich noch etwas ändert. Bei denen weiß man ja nie."
Werner freute sich über Maria's Umsicht und lobte sie:

„Da sieht man, wie gut es ist, dass ich sie habe. Sie denken immer einen Schritt voraus."

Das Telefon meldete einen Anrufer. Werner nahm das Gespräch an und hörte am anderen Ende die Stimme seiner Mutter. Sie lud ihn ein zu sich nach Hause. Werner argwöhnte sogleich, dass sie sich wohl wieder etwas ausgedacht hatte, das nur Ärger mit sich bringen konnte. Er sprach trotzdem mit ihr und sah seine Befürchtungen schon bei ihrem zweiten Satz bestätigt. Sie jammerte ihm vor, dass sie solange sie noch lebe, Frieden in der Familie schaffen wolle. Sie erwarte ihn am kommenden Wochenende und er könne bei ihr auch übernachten. Werner entgegnete ihr:

„Aber du hast doch gar keinen Platz für uns. Wenn wir kommen, dann gehen wir lieber in ein Hotel."

Sie antwortete in beleidigtem Ton:

„Aber was werden denn die Leute sagen, wenn mein Sohn mich besucht und dann im Hotel übernachtet. Und außerdem -für dich habe ich immer einen Schlafplatz. Die andere wollte ich sowieso nicht hier haben. Ich möchte mit dir und deinen Schwestern Familiäres besprechen. Da haben Fremde schließlich nichts dabei zu suchen."

Werner kochte vor Wut und zwang sich zur Ruhe. Er wusste, dass wenn er sich jetzt auf eine Diskussion mit ihr einließe, er sehr laut

würde und presste gerade noch heraus:
„Ich muss Schluss machen; ich schreib dir was dazu."
Er drückte die Schlusstaste und fragte sich, wie seine Mutter auf die Idee käme, seine Frau als nicht zur Familie gehörend und als 'Fremde' zu bezeichnen. Was auch immer vorgefallen sein mochte, von dem sie nur wusste, dass Brigitte, wie man ihr und seinen Schwestern zugetragen hatte, für einige Tage nicht zu Hause war, gab ihr nicht das Recht Brigitte als 'Fremde' zu titulieren. Das war jetzt wirklich der Gipfel. Für Werner hatte sie damit den Rubicon überschritten.

Maria bekam mit, dass er sehr aufgebracht war und fragte, ob sie etwas tun könne. Werner bejahte und bat sie, einen Termin bei seiner privaten Anwältin, Frau Hauser, zu vereinbaren. Maria war klar, dass da etwas vorgefallen war, über das Werner nicht sprechen wollte und fragte auch nicht nach.
Werner hatte sich schon kurz danach vordergründig etwas beruhigt und fragte Maria:
„Liegt heute abend noch 'was an?"
Maria schaute in ihrem Kalender nach:
„Nein, soll ich uns einen Tisch reservieren?"
„Ja bitte, aber schon um neunzehn Uhr."
Werner rief zuhause an und sagte, dass er noch ein Arbeitsessen habe und es deshalb später

würde. Als sie in die Nähe des Lokals kamen, hatte es Maria auf einmal sehr eilig, sie bedeutete Werner, sie müsse dringend auf die Toilette und lief voraus. Als Werner ankam, war sie tatsächlich dorthin verschwunden. Als sie später am Tisch saßen und Maria die Karte vorgelegt bekam, ging sie souverän damit um, wusste was wozu passt und stellte sich ohne fragen zu müssen, ihr Menu zusammen. Sie sprachen über ihr 'erstes Mal' und mussten herzlich lachen, weil sie damit nicht das meinten, was landläufig mit diesem Begriff beschrieben wird, sondern das erste gemeinsame Essen.

In Werner nagte noch immer die Verärgerung über seine Mutter. Er musste das loswerden und erzählte deshalb Maria während des Essens die ganze Geschichte. Und dann stellte Maria die Frage, die ihm sehr zu denken gab, weil er sie von ihr am wenigsten erwartet hätte und sie ja tagtäglich erlebte, dass er das Private vom Geschäftlichen trennen konnte und von diesen Problemen bisher nicht einmal sie etwas bemerkt hatte. Sie fragte:
„Aber das belastet sie doch bestimmt sehr? Fällt es ihnen denn nicht manchmal schwer noch an das Unternehmen zu denken?"
Werner verstummte für eine Weile, Er gab eine ausweichende Antwort und fügte das Fontane

Zitat hinzu:

„Lass das Luise, das ist ein zu weites Feld."

„Aber ich heiße doch gar nicht Luise", erwiderte Maria.

„Ich weiß, aber das ist aus Effi Briest, das ist große deutsche Literatur."

Damit waren sie vom Thema weg, sprachen noch über das Wetter, während Maria das Gespräch wieder auf Vogt brachte. Sie fragte, was es denn bei einem dritten Termin noch zu besprechen gäbe, allmählich müsse doch alles gesagt sein.

„Nein, da gibt es noch eine ganze Kleinigkeit. Wir haben noch nicht über Geld gesprochen. In Spitzenpositionen vermeidet man solch schnöde Ausdrücke wie 'Geld' oder 'Gehalt' oder 'Bezüge', man nennt das 'Kompensation', das heißt die Leistung, die jemand erbringt, wird durch eine materielle Gegenleistung kompensiert. Etwas affektiert das Ganze, aber man ersäuft auf diese Weise das Triviale im diskreten Charme der Bourgeoisie."

„Und wie läuft so ein Gespräch ab?" fragte Maria weiter.

„Man fragt zunächst den Bewerber, was er sich denn so vorstellt. Wenn das zu viel ist, macht man ein Gegenangebot und sagt, dass seine Vorstellung nicht in die Kompensations-Landschaft des Unternehmens passe, man könne im äußersten Fall so um die X DM bezahlen.

Aber dann, wird der Bewerber wohl einwenden, erwarte er einen Dienstwagen einer bestimmten Kategorie. Dann werde man auf die Dienstwagen-Verordnung des Konzerns hinweisen, um das Auto eine Nummer kleiner zu reden. Man werde selbstverständlich die Umzugskosten zum Firmensitz übernehmen, wird an passender Stelle erwähnt, um dann noch den großen Trumpf auszuspielen. Der nennt sich 'Variable'. Das bedeutet, dass man dem künftigen Mitarbeiter einen erfolgsabhängigen Betrag zusagt. In unserem Konzern nennt man dieses Geld 'Tantieme'. Die Höhe ist immer vom Unternehmensergebnis abhängig und von der Höhe des Festgehalts; also je höher das Festgehalt desto niedriger ist die Tantieme. Dabei ist die Aufteilung der Kompensation auch noch einmal ein Eignungstest. Besteht jemand auf einem hohen Fixum und ist dann mit einer kleineren Tantieme zufrieden, traut er sich nicht zu, ordentliche Gewinne zu erwirtschaften."
„Und was werden sie dem Vogt vorschlagen",
fragte Maria in gleichgültigem Tonfall. Dass sie allerdings gleichzeitig ihre Hände aneinander rieb, verriet Werner, dass sie an der Antwort hochgradig interessiert war.

Werner sagte man werde ihm zunächst hundertsechzig fix plus vierzig variabel vorschlagen, könne aber bis zweihundert plus sechzig gehen.

Er wollte jetzt das Thema wechseln. „Wie hat ihnen ihr Menu geschmeckt", fragte er Maria, als Francesco an den Tisch trat.
„Darf es noch ein Dessert sein?"
fragte der. --- Soweit sich Werner erinnern konnte, hatten sie noch nie ein Dessert genommen. Er schaute den Kellner leicht verwundert an. Der wandte sich an Maria:
„Für Sie gnä Frau vielleicht wieder ein Pêche Melba?"
Wenn Francesco 'gnä Frau' sagte, dann klang es, als wäre man in die k.-und-k.-Zeit zurückversetzt. Er hatte den fast echten Wiener Schmäh in der Stimme. Maria zuckte kurz und lächelte dann, indem sie verneinend den Kopf schüttelte. In Werners Hinterkopf war eine kurze Irritation aufgetreten, die rasch wieder verschwand, ohne eine Wirkung zu hinterlassen.

Als sie das Lokal verließen war Werner froh, den Kopf etwas ausgelüftet zu haben. Denn es tat ihm gut mit einem Menschen zu reden, dem er vertrauen konnte und bei dem er nicht Gefahr lief, dass alles herumgetratscht würde.

Er fuhr nach Hause, wo ihm Brigitte sagte, dass Frau Hauser angerufen und vorgeschlagen habe, gleich morgen früh um acht Uhr, bevor sie in die Kanzlei ginge, kurz vorbeizukommen. Wenn das nicht ginge, solle er ihr eine Nachricht auf ihrem privaten Anrufbeantworter hinterlassen.

Werner war einverstanden und ging zu Bett. Das Verhältnis zwischen Brigitte und ihm hatte sich normalisiert, aber es war noch immer unterkühlt und an Sex dachten beide noch nicht. So lagen sie vor dem Einschlafen meistens schweigend nebeneinander. An diesem Abend aber fragte Brigitte:
„Willst du dich scheiden lassen?"
Werner war völlig verblüfft, weil Brigitte so unvermittelt und vermeintlich ohne jeden Anlass diese Frage stellte.
„Wie kommst du denn darauf?" fragte er zurück.
„Eine Frage beantwortet man nicht mit einer Gegenfrage. Willst du?"
„Nein"
„Warum kommt dann morgen früh Frau Hauser?"
„Ich will das Verhältnis zu meiner Mutter und meinen Schwestern klären. Ein für alle mal."
Er hatte das Gefühl, dass Brigitte erleichtert aufatmete, hörbar, obwohl sie es nicht zeigen wollte.
Brigitte war am nächsten Morgen etwas früher aufgestanden, um den Frühstückstisch zu

decken und die Kinder rechtzeitig in Marsch zu setzen, damit Ruhe im Haus herrschte, wenn die Anwältin kam, die dann auch pünktlich eintraf.

Werner eröffnete das Gespräch:
„Sie wissen, dass das Verhältnis zu meiner Mutter und meinen Schwestern sehr angespannt ist, Frau Hauser."
Die Anwältin nickte zustimmend und Werner fuhr fort. Sie haben ja wohl auch mitbekommen, dass ich ihren Kollegen Schiller geholt habe, um wieder Ordnung in unser Haus zu bringen."
„Ja und ich bin ihnen sehr dankbar, dass sie ihn für die Klärung der Angelegenheit zugezogen haben, denn er hat genügend Personal, um gleich das ganz große Besteck aufzulegen."
„Okay Frau Hauser, jetzt geht es darum, einen Schlussstrich zu ziehen. Bitte erteilen sie den vier Furien Hausverbot und erwirken sie eine einstweilige Anordnung, in der sie ihnen jegliche Kontaktaufnahme mit unseren Kindern untersagen und ihnen auch verbieten sich unserem Anwesen auf weniger als fünfzig Meter zu nähern. Formulieren Sie auch bitte höchst vorsorglich einen vollständigen Erbverzicht, für alles, was mir oder meinen Kindern in dieser Hinsicht zustehen könnte.
Die Anwältin wandte ein:
„Das ist aber sehr radikal. Da reißen sie alle Brücken nieder."

„Das ist ja gerade der Zweck der Übung," entgegnete Werner.

„Und sie haben sich das gut überlegt? Denn manchmal tut man etwas aus einer augenblicklichen Verärgerung heraus, was man später bereut. Wollen sie das nicht doch noch einmal überschlafen?"

„Das habe ich schon seit vielen Jahren überschlafen und könnte schon längst die Frage Ciceros an Catilina stellen: Quousque tandem abutere patietientia nostra? Viel zu lange habe ich deren Tyrannei ertragen und immer wieder um des lieben Friedens willen eingelenkt. Ich habe keine Hoffnung mehr, mit denen zu einem friedlichen Zusammenleben zu kommen. Machen sie deshalb alles fertig, ich komme dann zu ihnen rein, wenn die Schriftstücke unterschrieben werden müssen."

Frau Hauser zuckte mit den Schultern, weil sie sah, dass Werner fest entschlossen war. Sie war keine von den scharfen Hunden, die knallhart alles, was sie auf den Schreibtisch bekam durchziehen wollte. Eher neigte sie dazu, ihren Mandanten zuerst zu einer Moderation zu raten und bevor es zu Klagen kam, einen Vergleich zu suchen. Werner hatte sie sich deshalb als seine Anwältin ausgesucht, weil er kein Prozesshansl sein wollte und meistens auf den Ausgleich in Streitigkeiten setzte als auf die harte Tour. Jetzt aber sah er keinen anderen Ausweg. Sie legte Werner den üblichen Vordruck für die Vollmacht vor. Hielt dann aber inne und wandte sich an Brigitte, die bis jetzt schweigend dabei saß. "Frau Wielandt, was ist denn ihre Meinung dazu? Ganz direkt gefragt: Sind mit dem einverstanden, was ihr Mann meint zu tun beziehungsweise veranlassen zu müssen?"

Brigitte zögerte nicht und sagte:

„Ja – denn ich leide seit Werner mich seiner Familie vorgestellt hat, unter der Verachtung und dem Hass zumindest des weiblichen Teils von ihr. Werners Vater respektiert mich wenigstens, wenn er mich vielleicht auch nicht liebt, aber mit ihm komme ich ganz gut aus."

Man beendete damit die frühmorgendliche Sitzung, Werner fuhr in seine Firma und Frau Hauser packte ihre Unterlagen zusammen. Sie verabschiedete sich in der Überzeugung, dass sich Werner und Brigitte einig waren und hätte schwören können, dass sie ein vorbildlich einiges Ehepaar zurückließ.

Werner fuhr in sein Büro. Weil Brigitte die Kinder schon in die Schule geschickt hatte, blieb ihm mehr Zeit in der er seinen eigenen Tagesplan gedanklich festlegen konnte. Unter anderem wollte er sich auf das Gespräch mit Vogt vorbereiten. Er ließ sich gleich nach seiner Ankunft vom Personalbüro die Unterlagen geben.

Die Bewerbung war sehr ausführlich, enthielt alle Zeugnisse, die er jemals bekommen hatte, einschließlich derer für Praktika und Ferienjobs. Bundeswehr hatte er ebenfalls absolviert und war als Obergefreiter in einer Nachrichtenabteilung abgegangen. Der Lebenslauf war nach alter Schule abgefasst und enthielt auch neben dem Geburtsdatum den Geburtsort. Werner hielt kurz inne, denn er glaubte den Namen dieser kleinen Stadt schon einmal gelesen zu haben. Es fiel ihm aber nicht direkt ein, in welchem Zusammenhang. Er fand es dann auch nicht so wichtig und dachte nicht länger darüber nach.

Außerdem war gleich anschließend eine Besprechung mit dem Betriebsrat angesetzt und das halbe Dutzend Leute wartete schon auf dem Flur. Die hatten um das Gespräch gebeten, weil sie abklären wollten, wie die Ergebnisse der jüngsten Tarifbeschlüsse konkret umgesetzt werden sollten.

Das Gespräch ging rasch in den üblichen Hickhack über, in das Gefeilsche um Nebensächlichkeiten, die er lieber der Personalchefin überließ. Er war deshalb gottfroh, dass Maria hereinkam und ihm einen Zettel überreichte:
„Bitte rufen sie ihre Frau an. Dringend, Es geht

um die Amis."
Werner hatte jetzt einen Grund, die Sitzung zu verlassen und alles an die Personalerin zu delegieren.

Er ging in sein Büro, um Brigitte anzurufen. Die wiederum sagte ihm, dass Paul Webber ganz aufgeregt um sofortigen Rückruf gebeten hätte.
„Mein Gott, das ist ja wie eine Telefon-Schnitzeljagd",
maulte Werner vor sich hin. Gleichzeitig beschlich ihn eine Ahnung, dass dort in Charlotte irgendetwas Schlimmes passiert war. Wenn er in Charlotte anrufen wollte, dann sollte er wohl zuerst einmal schauen, welche Uhrzeit die jetzt dort haben, dachte Werner. Er blickte auf seine Schreibtisch-Uhr, die fünf Zeitzonen zeigte und stellte fest, dass es dort jetzt etwa halb Zehn sein musste, also eine durchaus christliche Zeit, zu der man überall anrufen durfte. Er wählte Pauls Nummer und bekam sofort eine Verbindung. Paul meldete sich mit einer deutlich belegten Stimme. Werner fragte ohne große Vorrede:
„What happpened?"
„Charles is dead."
Werner fühlte für einen Moment nichts mehr. Dann umfasste ihn eine tiefe Trauer, wie er sie noch nie gefühlt hatte. Er hatte immer wieder liebe Menschen verloren und konnte sich noch

gut daran erinnern, was er als kleiner Junge empfand, als seine Großeltern väterlicherseits nacheinander starben, an die Schwierigkeit, die er damit hatte, die Endgültigkeit des Todes zu begreifen. Er liebte die beiden über alles. Sie waren für ihn wie ein Hafen des Friedens, wo er sich geliebt und verstanden wusste.

Der Tod von Charles traf ihn ähnlich hart, weil er in ihm einen wirklichen Freund gefunden hatte, was in seinem Alter nicht mehr so oft vorkommt. Wirkliche Freunde, die nicht nur bessere Bekannte sind, hat man in der Kindheit und Jugend gefunden. Das sind die Freundschaften, die ein Leben lang halten, sie sind bedingungslos entstanden, ohne den Hintergedanken: „Was kann mir diese Freundschaft nützen?" Diese Freundschaften sind distanzlos und im besten Sinne naiv, ohne den Unterschied zwischen Freundschaft und Liebe zu kennen, ihn zu fühlen oder ihn gar zu betonen. Später wird man erfahren, dass die Freundschaft im Gegensatz zur Liebe eine Frage der Distanz ist. Deshalb ist es, wenn wir erwachsen sind, so unendlich schwer noch einmal einen echten Freund zu finden. Gelingt es trotzdem, dann schmerzt sein Verlust um ein Vielfaches mehr, weil man die Endgültigkeit spürt. Man weiß: Ich werde in meinem Leben keinen Freund mehr finden.

Er rief Maria zu sich und gab ihr den Auftrag, die nächst beste Flugverbindung nach Charlotte zu buchen, egal ob business oder economy, egal wo und wie oft er umsteigen müsse, nur schnell sollte es gehen. Dann sollte sie Paul Bescheid sagen, dass er auf jeden Fall käme, um dem Freund die letzte Ehre zu erweisen. Maria hatte mit Hilfe des Reisebüros eine Verbindung gebucht, die die sofortige Abreise erforderte. Werner packte das Notwendigste zusammen und fuhr mit dem Taxi zum Flughafen, damit er nicht erst ins Parkhaus fahren musste. So kam er noch rechtzeitig zum Counter, wo sein Ticket hinterlegt war und konnte direkt einchecken. Nachdem er in New York hatte umsteigen müssen, kam er sechzehn Stunden später, die sich aber wegen der Zeitverschiebung nur wie zehn Stunden auswirkten, in Charlotte an.

Die Beerdigung fand am anderen Tag am frühen Nachmittag statt, so dass er den Rückflug für den Abend hatte buchen können. Die Trauergesellschaft umfasste vielleicht vier Dutzend Leute, die Zeremonie war schlicht und entsprach ganz der analytischen Nüchternheit von Charles.

Am Ende kam eine Frau auf Werner zu, die sich als eine Cousine von Charles vorstellte. Sie hatte ihn erkannt, weil Charles ihr von ihm erzählt hatte:

„It's a blessure, to have friend like Werner".

Dabei fühlte er sich viel mehr in der Schuld von Charles. Er fuhr gleich anschließend zum Flughafen und konnte ohne lange Wartezeit den Rückflug antreten. Er hatte einen Direktflug erwischt, den es nur einmal in der Woche gab. Er machte es sich in seinem Sitz bequem und schlief erst einmal zwei Stunden bis die Stewardess mit dem Bordservice kam. Danach ließ er sich einen Kaffee bringen, eine Brühe, die die Mexikaner verächtlich 'Cafe americano nennen' und bat die Stewardess zu schauen, ob sie ihm etwas zu lesen bringen könne. Sie brachte zwei jüngere 'Time' Magazine und zwei etwas abegriffene 'Readers Digest':

„I hope I can help you with these."

Werner ärgerte sich, dass er vor dem Abflug nicht selbst daran gedacht hatte, sich noch etwas gegen die Langeweile zu besorgen.

So blätterte er lustlos in einer der beiden vorverdauten Readers Digest Broschüren. Dort stieß er auf einen Artikel, der angeblich über neueste Forschungsergebnisse zum Thema „Mata-Hari-Syndrom" berichtete. Mit einer Mischung aus Langeweile und Neugier überflog er die ersten Zeilen. Ganz abgesehen davon, dass er noch nie etwas von einem solchen

Syndrom gehört hatte, war er bei dem Begriff 'Forschungsergebnisse' in solchen Publikationen besonders skeptisch. Meistens blieb im Dunkeln, von wem diese Ergebnisse stammten, wer da von wem bezahlt irgendwo im Trüben fischte.

Werner las zunächst den Vorspann, in dem berichtet wurde, dass es ein Schweizer Professor war, der die Frage klären wollte, warum an und für sich loyale Mitarbeiterinnen auf einmal zu Verräterinnen werden, indem sie alle Mitarbeitertreue über Bord werfen und warum dieses spezielle Syndrom überwiegend bei Frauen beobachtet wird.

Halb dösend las er weiter, dass auf den Folgeseiten zwei Fallbeispiele geschildert würden. Dieser Ankündigung folgte dann eine der üblichen Spionagegeschichten, die gleichzeitig eine Warnung vor dem Vorgehen des Feindes im kalten Krieg darstellen sollte. Und weil auch, ganz im Sinne der Herausgeber, schon seit Adam und Eva das Weib an allem schuld ist, war für den Verfasser klar, dass sich Frauen gerne und leicht verführen lassen und es deshalb den sogenannten 'Romeo Spionen' sehr leicht machen.

Dieser Story folgte dann eine andere, die davon handelte, dass eine Sekretärin einen

Jugendfreund in eine hohe Position hievte, um ihn später zu erpressen und damit selbst große Vorteile zu genießen. Es wurde dort beschrieben, an welchen Symptomen man hätte im Vorfeld schon erkennen können, dass die beiden ein vertrautes Verhältnis haben. Ein recht sicheres Anzeichen sei etwa, wenn ein Untergebener den notwendigen Respekt vermissen ließe, indem er den Vorgesetzten zum Beispiel per Handzeichen zu sich rief...

Werner fuhr wie vom Blitz getroffen aus seiner lockeren Sitzhaltung hoch, verstört schaut er um sich, während in seinem Gehirn ein dejavu den anderen jagte.

Er sah Maria in der Tür stehen und den Vogt zu sich her winken … als er sie kürzlich zum Essen einlud und mit ihr zum Restaurant ging ---warum hatte sie es auf einmal so eilig ... warum wollte sie partout vor ihm da sein … wollte sie womöglich Francesco vorwarnen, dass er nichts von sich geben solle … was war mit dem Dessert ... mit ihm hatte sie noch nie ein Dessert genommen und jetzt fragte sie Francesco, ob sie wieder Pêche Melba wolle, was war da los? Werner beschlich ein deutliches Unbehagen, auch wenn er an das zweite Gespräch mit Vogt dachte:

„Der wusste genau, welche Antworten wir erwarteten !!",

war Werners Schlussfolgerung. Er hegte sofort den naheliegenden Verdacht, dass er vorher mit Insider-Wissen gebrieft worden war. Aber wer sollte das gewesen sein? Den Gedanken an Maria verwarf er sofort wieder. Und doch sagte ihm sein Verstand, dass, so schmerzhaft der Gedanke auch war, nur sie als Informantin in Frage kam. Er ließ in seiner Vorstellung die halbe Belegschaft an sich vorbeiziehen, aber mit jedem einzelnen, den er sich vorstellte, rückte Maria ein Stück mehr in den Focus, weil er einen nach dem anderen ausschließen konnte. Aber bevor er klare Hinweise oder sogar Beweise hatte, war alles nur Spekulation.

Es war schon spät in der Nacht, als sein Flugzeug zum Landeanflug ansetzte. Er beeilte sich nach Hause zu kommen, um mit Brigitte alles zu besprechen, als ihm einfiel, dass beide noch nicht im Friedensmodus waren, sondern Brigitte noch ihre Schuldgefühle pflegte und Werner, zwar abklingend, aber immer noch die beleidigte Leberwurst gab.

Als Werner zu Hause eintraf wurde Brigitte noch einmal wach. Sie kam zu ihm ins Wohnzimmer und wollte wissen, wie die Trauerfeier und die Beerdigung waren. Werner berichtete sehr knapp und kam dann sofort auf Vogt und seinen diesbezüglichen Verdacht zu sprechen. Brigitte bedauerte es sehr, dass Maria ihn möglicherweise so sehr hintergangen hat, denn sie wusste, wie sehr so etwas schmerzte und vor allem von Werner wusste sie, dass er litt wie ein Hund, wenn er beschissen wurde. Auf der anderen Seite wusste sie aber auch, wie er hinlangen konnte, wenn er zurückschlug. Dabei griff er nie zu körperlicher Gewalt, aber seine verbale Gegenwehr war ätzend genug. Gleichzeitig hoffte Brigitte aber auch, dass Werner sich ihr wieder mehr nähern würde, wenn er sich auf einen anderen Schauplatz begab.

„Was meinst du, was soll ich tun?"
fragte Werner. Brigitte dachte kurz nach und antwortete:
„Du musst dir zuerst einmal Klarheit verschaffen, denn wenn du sie zur Rede stellst, wird sie, wenn sie der Maulwurf ist, alles abstreiten und wenn sie die Verräterin ist, wird sie das gleiche tun. Du brauchst also klare Indizien oder noch besser, Beweise. Als erstes würde ich einmal in der Bewerbung von Vogt und in der Personalakte von der Budweiser nach Übereinstimmungen suchen und im Übrigen nichts überstürzen.---
Ach --- Werner pass auf --- mir kommt da eine Idee; wie wäre es denn, wenn du ihr irgend etwas unter dem Siegel der Verschwiegenheit erzählst, etwas Erfundenes, was den Vogt

betrifft und dann wartest du ob es bei dir wieder ankommt. Wenn ja, dann hast du sie am Fliegenfänger.

Als Werner am anderen Tag ins Büro kam, ging er ins Personalbüro und ließ sich die von Vogt eingesandten Bewerbungsunterlagen und die Personalakte von Maria geben. Er las zuerst den Curriculum vitae von Vogt, der ziemlich gradlinig vom Gymnasium mit Abitur über ein Studium ins Berufsleben führte. Die Leistungszeugnisse waren alle gut und auch in den betrieblichen Beurteilungen gab es keine Beanstandungen.

Er nahm Marias Akte zur Hand und sah zunächst, dass Vogt und sie gleich alt waren. Sie waren nicht nur im gleichen Jahr, sondern auch im gleichen Monat geboren. Als Geburtsort hatten beide die gleiche Kleinstadt angegeben und sie hatten nach der Grundschule das Gymnasium besucht.

Für Werner war die Sache klar, doch er hielt sich an Brigittes Rat nichts zu überstürzen und baute erst wieder seinen Adrenalinstau ab. Er schaute dann im Lexikon nach der Stadt, aus der die beiden stammten und stellte fest, dass die keine zwanzigtausend Einwohner hatte. Es gab nur vier Grundschulen und nur ein Gymnasium. Es konnte also gar nicht sein, dass sie sich nicht kannten. Der gleiche Geburtsmonat im gleichen Jahr, die mussten sich kennen. Doch was bewies das. Werner aber wusste jetzt, dass ihn Maria verraten hat. Er musste jetzt zwei schlimme Verluste innerhalb von wenigen Tagen hinnehmen und er wusste nicht, was schwerer zählte.

In Charles Buchanan hatte er einen Freund gefunden, auf dessen Hilfe er sehr große Hoffnung setzte. Mit ihm hätte er alle Probleme besprechen und sich gute und ehrliche Ratschläge holen können. Auch, was er mit Maria, der falschen Schlange tun könnte. Er wusste auch nicht, wie es mit Vogt weitergehen sollte. Die ebenfalls virulente Frage war vor allem auch, wie es mit den Amis weitergehen könnte.

Soweit Werner mitbekommen hatte, war Charles auf der anderen Seite des Atlantiks die treibende Kraft in dem gemeinsamen Projekt, so wie Werner auf dieser Seite. Sie hatten in den letzten Wochen und Tagen viel, eigentlich täglich miteinander Telefaxe ausgetauscht oder telefoniert. Der Beschluss Hardware und Software für PC-Netzwerke zu produzieren oder diese herstellen zu lassen, war längst im ganzen Unternehmen bekannt. Als das Vorhaben konkrete Formen annahm wurde von Tag zu Tag die Zahl der Bedenkenträger größer. Werner sagte zwar immer:

„Die haben von dem, was wir machen wollen so viel Ahnung wie eine Kuh vom Glasblasen."

Aber irgend jemand hat diesen Spruch gehört und ihn zu den dafür offenen Ohren durchgestochen. Dr. Scheuermann ließ Werner zu sich rufen und bat ihn in einer lockeren Gesprächsatmosphäre, sich doch künftig solcher Sprüche zu enthalten.

„Obwohl, lieber Wielandt," er senkte die Stimme und ging einen Schritt auf Werner zu:

„Ich bin ganz ihrer Meinung, wir haben einfach zu wenig Fachkompetenz in unseren mittleren und oberen Führungsebenen, aber wir arbeiten an einer Verbesserung der Situation."

Auch nach dem Tod von Charles, hielten Paul und Ronald an der Absicht fest, Computer-Netzwerke zu vertreiben. Dabei wollten sie letztlich nur die Schlüssel-Komponenten selbst herstellen und über achtzig Prozent zukaufen. Mit dieser geringen Fertigungstiefe versprachen sie sich, flexibel zu bleiben. Werner unterstützte diese Strategie. Er hatte sich inzwischen sagen lassen, dass man die besten Software-Entwickler in Indien finden würde. Ein ehemaliger Kommilitone war auf diesem Sektor engagiert. Ihn hatte er vor kurzer Zeit getroffen und dabei viel über Software-Entwicklung in Bangalore erfahren. Die beiden tranken in einer der alten Studentenkneipen ein, zwei Glas Bier und Werners Studienkollege erzählte bestimmt mehr als er gedurft hätte. Mit einem kräftigen Händedruck und einem herzlichen:

„Wenn du noch Fragen hast, dann ruf mich einfach an,"
verabschiedete er sich von Werner.

Als er zurück im Büro war, lief ihm Maria über den Weg. Sie sagte ihm, dass sie im Auftrag von Dr. Boldt und Dr. Scheuermann einen Termin mit Herrn Vogt für Dienstag der nächsten Woche vereinbart hätte.

„Wissen sie, ob ich da überhaupt im Haus bin?"
fragte er sie, worauf sie ihn ein wenig verlegen anschaute und dann sagte:

„Ach wenn sie nicht da sind, dann müssen es die anderen halt ohne sie machen."

Werner ärgerte sich über Maria's schnoddrige Art und sagte:

„Freuen sie sich nicht zu früh, ich werde da sein. Für welche Uhrzeit haben sie ihn denn einbestellt?"

„Halbzehn, aber es könnte sich möglicherweise noch kurzfristig etwas ändern. Herr Vogt hat zur Zeit sehr viel zu tun."

„Wir auch", grummelte Werner.

Die ganze Situation gefiel ihm nicht. Da war jetzt

doch zu viel zusammen gekommen. Der Tod von Charles, der Verrat und Vertrauensbruch von Maria und ihre zunehmende Disziplinlosigkeit, seine Probleme mit Brigitte und der endgültige Schluss der Beziehungen mit seiner Familie. Dieser letzte Punkt war der einzige, den er zu Ende gebracht hatte, alles andere waren Hängepartien geblieben. Er nahm sich vor, in der nächsten Zeit auch die anderen Baustellen zu schließen, um den Kopf wieder frei zu bekommen.

Als nächstes stand die Besetzung der Stelle seines Stellvertreters an.
„Ein eigenartiger Name ist das für einen Mann unseres Alters: Siegfried,"
dachte Werner. Sein künftiger Mit-Geschäftsführer war in den letzten Tagen des Zweiten Weltkrieges geboren. Da gaben manche Eltern ihren Kindern solch heroische Namen, als wollten sie ein Heldentum herbeirufen, das alles noch einmal wendet.

Werner machte sich keine Illusionen, möglicherweise das Komplott von Maria und Siegfried durch Direktansprache aufdecken zu können. Die beiden würden, davon war Werner felsenfest überzeugt, alles abstreiten, ihn wahrscheinlich als krankhaft machtbesessen darstellen, als einen, der nicht im Team arbeiten könne und keinen neben sich dulden wolle. Am Ende des Tages hätte er den schwarzen Peter. Auf der anderen Seite konnte er sich aber auch keine gedeihliche Zusammenarbeit vorstellen, wenn man sich gegenseitig ständig misstraut und befürchten muss, der andere führe Böses im Schilde.

Die Vorstellung, Maria säße in seinem Vorzimmer und er wüsste nicht, für wen sie arbeitet, für ihn oder den anderen, was könnte er ihr noch anvertrauen, wäre er womöglich vollständig überwacht? Das waren keine guten Aussichten. Bisher war es ihm noch fast immer gelungen, Menschen für sich einzunehmen und dann auch ihre Loyalität über lange Zeit zu erhalten. Ausgerechnet bei Maria, derer Ergebenheit er sich so sicher war, fiel im jetzt in den Rücken. Sie hätte ihm einfach sagen können, dass sie Siegfried kennt. Wenn dies tatsächlich nur eine alte Schulkameradschaft war, warum hätten die beiden sie verschweigen sollen? Er war überzeugt, dass diese Geheimnistuerei nichts Gutes bedeutete und die beiden sogar einen bestimmten Plan verfolgten, vielleicht sogar den, ihn hinauszudrängen. Er wischte solche Gedanken beiseite, denn er machte sich immer über Verschwörungstheoretiker lustig und jetzt fing er selbst an über solche Hirngespinste nachzudenken. Aber es bohrte weiter in ihm:

"Was habe ich da für eine Natter an meinem Busen genährt?"

Er hatte sie aus der Rolle des Underdogs herausgeholt, ihr Gehalt jedes Jahr mehr angehoben als bei anderen in vergleichbaren Positionen, ihr alle Freiheiten gegeben, sie in allen betrieblichen Dingen ins Vertrauen gezogen --- Was also hat sie zu ihrem Verrat bewegt?

Er dachte an Brigitte: Ist es wirklich so, dass man Frauen nicht trauen darf? --- Aber nein das mit dem Schönling war etwas anderes, das war nicht rational, das waren fehlgeleitete Gefühle. Brigitte würde ihn nie wirklich hintergehen. Als sie ging hat sie ihm ja einen Brief hinterlassen und ist nicht heimlich verschwunden. --- Aber was war in der Zeit davor? Hat sie ihm da ihre Liebe nur vorgespielt? Und was war, wenn sie miteinander geschlafen haben, waren die Orgasmen alle nur Schau, alles nur für die Galerie?---

Es klopfte an seiner Tür, Werner brauchte ein paar Augenblicke, um aus seiner Gedankenwelt zurückzukehren. Er war froh, geweckt worden zu sein, bevor er sich in seine nicht seltene depressive Stimmung hineingedacht hatte, seine schwarzen Wolken, wie er diesen Zustand nannte. Er versuchte sich eine feste Stimme zu geben und sagte dann laut:

„Herein!"

die Tür wurde geöffnet und draußen stand Siegfried. Er entschuldigte sich dafür, dass er das Vorzimmer ungebeten 'überwunden' habe:
„Aber da war niemand.“
„Ist schon okay,“
sagte Werner und sah intuitiv und ohne groß nachzudenken die Chance einige Dinge zu klären:
„Ich habe ja erst jetzt erfahren, dass sie und Maria sich schon lange kennen, wohl schon aus der Schulzeit. Und wenn sie sich jetzt aufgrund ihrer Bewerbung wiedergesehen hätten, wäre das Stoff für einen Groschenroman oder eine Soap-Opera gewesen. Aber so kitschig geht's im richtigen Leben nun mal nicht zu. Hätten sie auf die Stellenanzeige auch dann reagiert, wenn die liebe Maria sie nicht darauf aufmerksam gemacht hätte.“
Siegfried schaute etwas verdutzt, weil Werner wohl mehr wusste als er glaubte. Der aber merkte ihm an, dass die Ente schwamm, die er da auf's Wasser gesetzt hatte.
„Ich habe gar keine Stellenanzeigen gelesen“,
erwiderte Siegfried, indem sein Tonfall und seine Haltung zum Ausdruck bringen sollten:
„Das habe ich doch nicht nötig. ---
Nein, Maria hat mich darauf hingewiesen“
Werner war mit sich und seiner Übertölpelung des anderen zufrieden und fuhr fort:
„Wissen Sie, Maria und ich haben keine

Geheimnisse vor einander. Wir verstehen uns sehr, und haben ein tolles Verhältnis zueinander --- und manchmal auch miteinander," fügte er im typischen Macho-Stil hinzu.

Er hörte Marias Schritte auf dem Flur:

„Na dann sehen wir uns ja gleich", schloss Werner das kleine Gespäch ab. Er sah an dessen Gesichtszügen, dass es bei Siegfried Wirkung zeigte. Werner machte seine Tür zum Vorzimmer zu und hörte noch durch den Spalt der sich schließenden Tür das Fauchen Marias:

„Was machst du denn schon hier?"

„Bingo", dachte Werner und drückte die Tür vollends zu.

Wenig später traf Dr. Scheuermann ein, den Werner unbedingt bei allen Verhandlungen mit Führungskräften und ganz besonders bei deren Auswahl und Einstellungen dabei haben wollte. Er war ihm in den entscheidenden Phasen lieber als Dr. Boltz. Man brauchte bei ihm weniger Worte, er hatte bessere Antennen, für das, was zwischen den Zeilen gesagt wurde.

Nach einigen Worten der Begrüßung und den üblichen Floskeln, die man gewöhnlich zur Einstimmung in ein Gespräch absondert, sagte Dr. Scheuermann:

„Dann lassen wir den 'Delinquenten' doch nicht unnötig lange warten, rufen sie ihn herein.

Siegfried kam herein und wurde auf dem Stuhl gegenüber des Fensters platziert. Aber entweder kannte er diesen Trick noch nicht oder er wollte sich nicht unbeliebt machen, indem er einen anderen Platz forderte. So blinzelte er während des folgenden Gesprächs ständig gegen die durch das Fenster herein knallende Sonne. Sein Erscheinungsbild wirkte dadurch wenig souverän, weil er seinen Gegenübern nicht ins Gesicht schauen konnte, sondern ständig den Eindruck machte, als würde er ihren Blicken ausweichen. Siegfried merkte, dass er eine unglückliche Figur abgab und wurde dadurch immer unsicherer.

Nach ein paar Sätzen zum Aufgabengebiet, kam Dr. Scheuermann auf die Kompensation zu sprechen. Er fragte Siegfried, was er sich den per annum so vorstelle. Dabei verhielt der sich nicht ungeschickt, weil er dachte, dass es wohl besser sei, zuerst einmal die anderen kommen zu lassen Und erklärte, er wolle sich in das Gehaltsgefüge der Firma einpassen und fragte, was die denn auf vergleichbaren Positionen zahle. Dr. Scheuermann meinte, man befinde sich da im üblichen Rahmen und bezahle neben einem festen Salär eine erfolgsabhängige Tantieme, für die es eine feste Formel gebe, die für alle Leitenden im gesamten Konzern gelte.

Man könne deshalb für die Höhe nur eine ungefähre Summe nennen. Man feilschte dann noch eine Weile hin und her, um dann auf den angepeilten Höchstbetrag von 200 plus 60 zu kommen. Der Eintritt ins Unternehmen sollte sehr kurzfristig erfolgen, was Siegfried zusagen konnte.

Man verabschiedete sich in sehr freundschaftlichem Ton und bat Maria ihn zum Aufzug zu bringen. Die beiden gingen in lockerem Schritt nebeneinander her als wollten sie sich gleich unterhaken.

Dr. Scheuermann sagte zu Werner, als er die Tür zum Vorzimmer geschlossen hatte:
„Das hat ja gut geklappt. Der hat sich so verhalten als hätte er gewusst, was wir unter uns abgesprochen haben."
Dabei zeigte er ohne große Emotion auf die Tür zum Vorzimmer. Werner tat so, als hätte er die Geste nicht gesehen. Er ging ein paar Schritte vor seinem Schreibtisch auf und ab und wandte sich dann, den Nachdenklichen gebend, an Dr. Scheuermann:
„Siegfried Vogt hat das ja nicht ungeschickt gemacht. Ich denke nur gerade darüber nach, dass er keine erfahrene Kraft im Vorzimmer hat. Die Schön wollen wir ja wohl beide nicht zurückholen."

„Da sei Gott vor",

Dr. Scheuermann lächelte, denn er ahnte, was jetzt kommen würde --- und er ahnte richtig. Werner begann:"Ich habe mir die ganze Zeit überlegt, ob ich ihm nicht Frau Budweiser überlasse, die kennt sich in allem aus und wäre bestimmt am Anfang eine große Hilfe für Ihn..."

„... und auch später."

ergänzte Dr. Scheuermann und lächelte wieder.

„Dann haben sie das Mädchen aus den Füßen, sie kann nichts mehr durchstechen und sitzt mit Siegfried in ihrem eigenen Saft. Wielandt sie sind ein alter Fuchs."

„If you can't beat them – join them!"

murmelte Werner, und Dr. Scheuermann:

„Machiavelli lässt grüßen".

Nachdem Dr. Scheuermann gegangen war, arbeitete Werner seinen Schreibtisch auf. Es war in den letzten Tagen einiges liegen geblieben. Teils waren es Unterlagen, die nur auf seine Unterschrift warteten, einen großen Teil konnte er delegieren, eine Fähigkeit, die er erst lernen musste, als er berufstätig wurde. In früheren Jahren hatte er immer ein schlechtes Gewissen, wenn er – wie er meinte – anderen seine Arbeit auftrug.

Relativ schnell merkte er aber, dass seine Fähigkeiten in der Disposition, in der Analyse und vor allem im Entscheiden lagen. Wie wichtig es war, die richtigen Fragen zu stellen, merkte er bald daran, dass die Mitarbeiter, die er das richtige fragte, kürzer und präziser antworteten, während andere Fragen sie dazu führten langatmige Erklärungen abzugeben oder einfach nur herum zu eiern. Er beobachtete deshalb alle, die er etwas fragte, sehr genau und überprüfte dabei seine Fragetechnik. Je genauer und schneller die Antwort kam, desto besser hatte er gefragt. Manche Frage-und-Antwort Situationen sprach er auf sein Diktaphon, um es anschließend im Schreib-Büro abtippen zu lassen. Er hatte so ein ganz unbegründetes Gefühl, dass es besser wäre, Maria nicht in alles einzuweihen. So gab es doch noch einige Dinge, die Maria nicht von ihm wusste, wenn er auch spürte, dass dies eher das Unwichtige war.

Das Telefon schlug mit einem neuen Klingelzeichen an. Vor Kurzem war diese neue Mode auch in seinem Unternehmen angekommen. Die Telefone klingelten nicht mehr, sie grunzten, schnatterten, riefen Hallo oder verlangten mit der imitierten Stimme des Bundeskanzlers nach dem Anschlussinhaber. Werner fand das eine Weile ganz amüsant, aber als der Gag allmählich inflationierte und auf allen Schreibtischen teilweise auch sehr geschmacklose Texte zu hören waren, ebbte die

Welle wieder ab. Man musste den Blödsinn deshalb nicht verbieten, wie es der Konzernvorstand beabsichtigte.

Werner nahm dieses auf- und abschwellen einer Modeerscheinung in seine Überlegungen auf, wenn er an Brigitte dachte. Es kam ihm da der Gedanke, dass sie wahrscheinlich einer Welle nachgab, die sie erfasst hatte und er fand, dass es Zeit wäre sich noch einmal mit ihr auszusprechen und ihr zu verzeihen. Was war denn schon geschehen? Doch nichts anderes, als das, was vor ihrer Ehe schon geschehen war. Sie genossen ihre sexuelle Freiheit und vögelten manchmal mit drei verschiedenen Partnern in einer Woche. Nun gut, sie waren jetzt schon einige Jährchen miteinander verheiratet, aber waren sie dadurch andere Menschen geworden? Auch die gemeinsamen Kinder hatten sie doch nicht zu transzendentalen Wesen gemacht, die immun waren gegen alles, was mit Sex zu tun hatte. Auf der anderen Seite war er immer noch in Brigittes Körper verschossen. Wenn er sie gehen sah, machte ihn ihr wiegender Gang immer noch verrückt, wenn er sie nackt aus der Dusche kommen sah, wollte er sie am liebsten gleich ins Bett tragen, aber er fand nicht den drive, sie darauf anzusprechen und schon gar nicht, sie einfach zu umarmen. Er hatte sich in seinem Schmollwinkel eingerichtet und dort sich selbst blockiert. Er wusste einfach nicht, wie er da wieder herauskommen sollte und wartete ohne es bewusst zu wollen auf die nächste Welle, die ihn mitnehmen und ihn zu Brigitte tragen könnte. Dabei sagte ihm sein Unterbewusstsein, dass er wahrscheinlich schon einige Wellen hat vorbeiziehen lassen.

Ein Gedicht von Erich Kästner kam ihm in den Sinn, das zwar in seiner Gänze überhaupt nicht zu Brigitte passte, aber doch in einigen Zeilen seine Lust auf sie so richtig steigerte:
'Sie war am ganzen Körper blond,
 soweit sie Härchen hatte...
Sie griff sich an wie teurer
Velour von der allerfeinsten Sorte...

Werner fand, dass es endlich an der Zeit war, die Situation, in die er sich hinein manövriert hatte, aufzulösen. Zunächst hatte er Sorge, sich etwas zu vergeben, wenn er den ersten Schritt tat und die weiße Fahne schwenkte. Er wusste aber auch, dass einst Rommel entgegen aller Befehle kapitulierte und damit tausenden von Soldaten das Leben rettete. Nun ging es hier ja nicht um Leben und Tod, aber zumindest um ein hoffentlich wieder glückliches Weiterleben mit Brigitte. Was war dagegen schon das Risiko abgewiesen zu werden?
„In einer aussichtslosen Lage muss man etwas

wagen, sonst bleibt sie aussichtslos",
hörte er den alten Haudegen aus seiner
Bundeswehrzeit sagen.

Dann fiel ihm ein, dass seine Kinder mit ihrer
Schule für einige Tage auf einer Orchester-
Freizeit waren. Das Haus war also sturmfrei.
Spontan entschloss er sich, für heute Schluss zu
machen, einen Blumenstrauß zu kaufen und ein
großes weißes Taschentuch. Zu Maria sagte er,
er habe einen Arzt-Termin vergessen, er müsse
sich beeilen, um noch dran zu kommen. Dann
fuhr er in das Parkhaus unter dem großen
Einkaufzentrum. Dort würde er bestimmt
irgendetwas großes aus weißem Batist oder so
finden und schräg gegenüber befand sich einer
der besten Blumenläden der Stadt. Er fand auf
Anhieb eine blütenweiße Batist-Serviette und
ging mit ihr in das Blumengeschäft. Dort suchte
er eine besonders schön blühende und
besonders langstielige rote Rose aus und bat die
Floristin die Serviette wie eine Fahne an der
Rose zu befestigen. Die Blumenfrau
schmunzelte:
„Sie sind wohl auf dem Weg zu
Friedensverhandlungen?"
„Nein ich gehe eher kapitulieren"
„Ja schön – der Klügere gibt nach."
„In diesem Fall hört ein alter Ochse auf, alles
zu zertrampeln."

213

Werner nahm die Rose mit der Fahne entgegen, warf der Floristin im Hinausgehen noch gut gelaunt einen Handkuss zu und beeilte sich, nach Hause zu kommen.

Dort wollte er die Haustür aufschließen, merkte aber, dass die gar nicht verschlossen war und sah auch im gleichen Moment, dass ja Brigittes Auto dastand. Er schaute sich um, dann rief er nach oben:
„Ich bin heute früher dran."
Als er die Treppe nach oben ging, roch er das feine eau de toilette, das sie von einer Reise in die Provence aus Grasse mitgebracht hatten und das sich Brigitte seither immer wieder von dort schicken ließ. Seine Frau verwendete es auch gerne als Badezusatz. Die Tür zum Badezimmer war offen und als er oben angekommen war, sah er Brigitte in der Badewanne, schön wie er sie seit langem nicht mehr gesehen hatte. Er stieß die Tür vollends auf, schwenkte die Rose mit der weißen Fahne und sagte leise, fast demütig:
„Ich komme in friedlicher Absicht."
Brigitte richtete sich in der Badewanne auf, so dass er ihre fast perfekt geformten Brüste über dem Wasser schweben sah. Er fühlte sich wie ein Verdurstender in der Wüste, der endlich die lang ersehnte Oase gefunden hat. Er ging zur Badewanne, legte Jackett und Krawatte ab, zog die Schuhe aus und stieg mit Hemd und

Hose in die Wanne. Brigitte legte ebenfalls alle bis jetzt - auch gespielte - Zurückhaltung ab, half Werner sich vollends auszuziehen und erwiderte leidenschaftlich seine Küsse, die über ihren Busen und weiter über ihren Körper glitten bis sie dort angekommen waren, wo Werner auch an diesem Ort die Hitze fühlte wie er sie damals bei seinem ersten Kuss gespürt hatte. Damit war auch diese Hängepartie beendet.

Es wurde dann ein langer Nachmittag und ein Abend, an dem sie das viele Unausgesprochene nach so langer Zeit einander endlich sagten. Brigitte wollte auch noch einmal über den Schönling sprechen, aber Werner leitete geschickt auf den Zustand ihrer Ehe über, er schilderte sie, als wollte er eine Chronologie verfassen, erzählte, wie alles begann und fuhr fort:

„... dann haben wir geheiratet, haben drei prächtige Kinder bekommen und uns um unsere Karrieren gekümmert. Wir gingen zur Arbeit, machten gelegentlich eine Urlaubsreise und wähnten uns glücklich. Dabei merkten wir nicht, wie alles zur Routine verkam, zur 'same procedure as every year'. Wir verstanden es nicht, immer wieder das bestimmte Kribbeln zu erzeugen. Wir nahmen es als Alltäglichkeit hin, dass wir uns liebten und konnten diese Liebe nicht als das besondere Geschenk wahrnehmen, das nicht alle mitbekommen."

Brigitte begann zu flüstern, ihre Stimme war fast weg, Werner konnte nur noch erahnen, was sie ihm ins Ohr hauchte:

„Lass uns in Zukunft etwas sorgsamer damit umgehen und in die Glut blasen, wenn das Feuer zu erlöschen droht."

Als am Morgen die Nanny kam, die nachdem ihre Dienste als Kinderfrau mit fortschreitendem Alter der drei nicht mehr so sehr gefragt waren, immer mehr zur normalen Hausangestellten mutierte, inspizierte sie, wie immer zunächst Haus und Garten, um zu sehen, was zu tun war. Sie wunderte sich, dass die beiden noch fröhlich plaudernd beim Frühstück saßen. Ein Anblick, der sich ihr seit vielen Wochen nicht geboten hatte und jetzt große Freude in ihr auslöste. Dass Werners Hose und Unterwäsche in einer kleinen Wasserlache auf dem Boden neben der Badewanne lagen, sah sie zwar, wollte aber nicht fragen, warum. Sie hängte alles nur auf den Wäschetrockner.

Auch die Kinder merkten schon bei ihrer Rückkehr von der Freizeit, dass sich im Verhalten der Eltern etwas verändert hatte. Sie spürten auch gleich die entspannte Atmosphäre und warfen sich freudig grinsend vielsagende Blicke zu. Obwohl ihre Eltern versucht hatten, alles vor den Kindern zu verbergen, hatten die mit ihrer feinen Sensorik gespürt, dass die Harmonie in der letzten Zeit nur krampfhaft gespielt war.

Als Werner ins Büro kam, war sein Verhalten auch dort sichtlich lockerer. Er wirkte heiter, hatte wieder seine Ironie und seinen gelegentlichen Sarkasmus drauf und man merkte, dass er irgendwie entspannter in die Welt schaute. Man musste nicht mehr auf seine Entscheidungen warten, er verhielt sich so, als hätte er in einem Jungbrunnen gebadet. Sein Gang war wieder federnd und nicht mehr so, als hätte er eine zentnerschwere Last auf dem Rücken. Er telefonierte mit den Amis und gab Paul Name und Anschrift der Software-Entwickler in Bangalore durch, die ihm sein ehemaliger Kommilitone genannt hatte. Dem war inzwischen aufgefallen, dass er etwas zu viel geplaudert hatte und bat Werner, alles für sich zu behalten und sich dort bloß nicht auf ihn zu berufen. Werner sicherte ihm absolute Diskretion zu, die Informationen für sich zu behalten und sie nur intern zu verwenden, wobei er den Begriff 'intern' bis nach Charlotte ausdehnte. Er war dabei sicher, dass ihre Interessengebiete nicht miteinander kollidieren würden.

Am anderen Tag meldete sich das Personalbüro der Konzernleitung per Telefax und bestätigte ihr

Einverständnis, Siegfried Vogt einzustellen. Maria brachte ihm das Schriftstück offensichtlich mit großer Freude. Werner ließ sich seine Rufnummer geben, konnte ihn aber in seiner Firma nicht erreichen. Lediglich seine Vorzimmerdame teilte ihm kurz angebunden mit, dass Herr Vogt ausgeschieden sei und sie ihm empfehle ihn zu Hause anzurufen. Bereitwillig gab sie Werner Siegfrieds private Telefonnummer. Er bekam ihn persönlich an die Strippe und erfuhr, dass man dort Wind davon bekommen hätte, dass er sich anderweitig beworben habe. Daraufhin sei er sofort 'unter Fortgewährung der Bezüge', wie die allgemeine Floskel für diese Fälle heißt, freigestellt worden. Man wolle dann später noch über einen Aufhebungsvertrag mit ihm reden. Werner antwortete ihm:

„Dann können sie ja sofort anfangen.“

Siegfried bremste ein wenig:

„Ich muss das meiner bisherigen Firma zuerst mitteilen, dass ich so schnell wieder in Lohn und Brot komme, denn damit endet ja mein Recht auf weitere Bezüge.“

„Wenigstens ist er in geschäftlichen Dingen korrekt“,

dachte Werner und erwiderte:

„Na ja, ihr Gehalt bei uns wird wohl nicht nur für Brot reichen, ein ordentliches Stück Wurst dazu werden sie sich auch noch leisten können. ---

Okay, dann sagen sie uns Bescheid, wenn sie soweit sind".

Werner rief Maria zu sich und teilte ihr der guten Ordnung halber mit, was er mit Siegfried besprochen hatte, obwohl er sicher war, dass sie es ganz bestimmt wenig später von Siegfried selbst erfahren hätte.

Dann aber bat er Maria noch zu bleiben, weil er noch etwas mit ihr zu besprechen habe. Er machte es ein wenig feierlich und hielt zunächst eine kleine Vorrede, in der er sie für ihre hervorragende Arbeit lobte und dass er in ihr eine Mitarbeiterin gewonnen habe, der er jederzeit und auch in heiklen Fragen vertrauen könne. Nun käme aber Vogt, der sich erst in alles einarbeiten und mit den Ussancen des Unternehmens vertraut machen müsse:

„Maria können sie sich vorstellen, zumindest für die Einarbeitungszeit, das Vorzimmer von Herrn Vogt zu betreuen? - Ich rechne mal mit rund drei Monaten."

Werner kannte Maria ja nun schon eine Weile und sah ihr an, dass sie am liebsten einen Luftsprung gemacht hätte. Sie beherrschte sich jedoch und fragte, ob ihre Bereitschaft sich auch in der Vergütung niederschlagen würde.

„Sie haben viel gelernt von mir",
konnte Werner nur sagen und
„ich werde mit dem Personalbüro darüber

sprechen, aber sie wissen ja ihr Gehalt ist jetzt schon dicht unterm Plafond."

Maria lächelte:

„Fragen kostet ja nichts."

Werner hatte seinerseits überhaupt keine Lust, sich nach allem, was diese falsche Schlange ihm angetan hatte, auch noch für eine Erhöhung ihrer Bezüge einzusetzen.

„Darüber sprechen sie besser mit ihrem alten Freund Siegfried. Das ist jetzt seine Sache."

„Was soll das heißen … Ihr alter Freund?"'

„Das ist aber jetzt nicht ihr Ernst? Sie kennen mich doch schon länger und müssen doch mitbekommen haben, dass ich manches wegstecken kann, aber eines meinen Mitmenschen ganz besonders übel nehme, und das ist, wenn sie mich für nur doof halten."

Maria stand da wie ein kleines Mädchen, das man bei etwas Peinlichem ertappt hatte, wurde rot im Gesicht und fing an etwas Unverständliches zu stottern. Werner sagte zu ihr in abfälligen Tonfall:

„Lass gut sein, wir haben noch was anderes zu tun. Ich habe mit den Amis vereinbart, dass wir nach Bangalore in Indien fliegen. Dafür habe ich von einem Bekannten die Adressen von einigen Software-Entwicklern bekommen, die uns bei unserem Netzwerk-Projekt entscheidend und trotzdem für nur ein paar hundert Kilo helfen könnten."

„Kilo, was heißt Kilo oder sprechen sie von Rauschgift?"

„Natürlich nicht", wehrte Werner ab. „Kilo heißt tausend und die Einheit sind Dollar."

„Ein paar hunderttausend Dollar?" fragte Maria entgeistert.

„Ja, und das rechnet sich, weil die Burschen dort schnell sind und wir dadurch Monate vor irgendwelchen Konkurrenten auf den Markt kommen. Wenn wir auf dem Sektor, der mit Computern zu tun hat, erfolgreich sein wollen, dann müssen wir schnell sein. Auf diesem Markt gewinnen nicht die Größten, sondern die Schnellsten."

Da noch keine Geschäftsbeziehungen mit den Indern bestanden, musste Werners Reise dorthin in der Konzernzentrale angemeldet und von dort genehmigt werden. Er bat Maria das zu tun und gab ihr als potentielle Reiseziele die Liste mit den Software Firmen. Es standen noch drei oder vier Besprechungen mit Abteilungsleitern, dem Betriebsrat und eine Preisverhandlung mit einem wichtigen Lieferanten auf der Tagesagenda, die er zügig hinter sich bringen wollte, denn er hatte sich vorgenommen ab sofort zu einigermaßen vertretbaren Zeiten nach Hause zu kommen.

Als er dann daheim war, fand er seine Kinder

noch wach vor, so dass er mit ihnen und Brigitte wieder einmal einen Abend verbringen konnte. Sie sprachen viel miteinander. Die Nanny war auch länger geblieben, weil sie einfach glücklich war über die Wendung, die alles genommen hatte und sie genoss es bei 'ihrer' Familie zu sein. Bevor sie nach Hause ging, hatte sie noch eine kleine Platte mit Schnittchen gemacht, die sie vor Werner und Brigitte auf den Tisch stellte und sagte:

"Der Schampus liegt im Kühlschrank, soll ich ihn bringen oder holt ihr ihn euch selber?--- Am besten macht ihr das selbst, sonst stör' ich euch noch länger."

Werner und Brigitte schauten sich an. Brigitte atmete tief durch:

„Mein Gott was habe ich aufs Spiel gesetzt?"
Werner küsste sie und sagte:

"Tempi passati --- nicht in den Rückspiegel schauen. Denken wir an morgen und die vielen Male, die wir noch ein morgen vor uns haben."
Sie saßen schon den ganzen Abend nebeneinander auf dem Sofa. Jetzt zog er Brigitte etwas zu sich, so dass ihr Kopf zwischen seiner Brust und seinem Oberarm lag. Sie schwiegen und schliefen schließlich ein. Spät in der Nacht wachten sie auf und spürten, dass es bequemere Schlafhaltungen gibt.

Als sie ins Bett gingen, brachte Brigitte ein Flugblatt aus dem Flur mit, das von einer Bürgerinitiative stammte, die sich 'AMV – Anti Müllverbrennung' nannte. Sie lasen es noch diagonal durch und legten es beiseite, um noch ein paar Stunden entspannenden Schlaf zu finden.

Werner las dann in der Morgenzeitung im Lokalteil einen Bericht über diese AMV und was diese Protestbewegung überhaupt wollte. Es ging um den Neubau einer Müllverbrennungsanlage. Dem Artikel war auch ein Lageplan beigefügt, aus dem hervorging, dass sie in der Nähe zum Wohngebiet Ludwigsforst, im Anschluss an die Ecke in der sie wohnten, entstehen sollte. Als Werner und Brigitte realisierten, dass dieses Bauwerk doch bedrohlich nah an sie heranrücken sollte, lasen sie die Einladung der AMV-Bewegung genauer durch. Das Schreiben war redaktionell und graphisch - wohlwollend gesagt - ziemlich amateurhaft gemacht und mit einer Mischung aus Fakten und Kampfparolen völlig überfrachtet. Werner reichte es an Brigitte weiter, die es ebenfalls durchlas, um festzustellen:
„Meine Güte, die können einem richtig leid tun, haben ein berechtigtes Anliegen, aber können sich nicht ordentlich ausdrücken. Die sind unbeleckt von jeder Sach- und Fachkenntnis,

ahnen lediglich, dass da etwas passiert, das im Zweifel ihre Gesundheit bedroht und gleichzeitig ihre Häuser entwertet, denn wenn es diese Müllverbrennungsanlage damals schon gegeben hätte, wären wir doch nie hierher gezogen. Und eigentlich hatten wir ja vor, es nach der Bindungsfrist zu kaufen. Werner, lass' uns heute Abend noch einmal darüber reden. Ich glaube, da müssen wir hin – zu dieser Versammlung." Dann gingen sie beide in ihre Büros. Brigitte arbeitete an dem Projekt einer mehrmedialen Darstellung zu Lionel Feininger, in der Fotos, Bilder, Filme, Berichte von Zeitgenossen und Wissenschaftlern zu einer Gesamtdarstellung zusammengeführt werden sollten.

Werners Arbeit war prosaischer. Er versuchte zunächst Dr. Scheuermann oder Dr. Boltz zu erreichen, denn die Freigabe seiner Indien-Reise war noch nicht da. Schließlich sprach er mit der Assistentin von Dr. Boltz, weil er zu ihr einen ganz guten Draht hatte und fragte sie, wie weit die Sache mit seiner Indien-Reise gediehen sei. Werner war davon ausgegangen, dass dies eine reine Routinesache sei und wunderte sich, dass das Mädchen sich so schwer tat, ihm etwas zum Stand der Dinge zu sagen.

„Na gut, ich rufe dann am Nachmittag noch einmal an."

„Das wird nicht nötig sein, meine Kollegin macht

gerade ein Fax an sie fertig."

Jetzt fragte sich Werner aber doch, was das sollte. Hatten die in der Zentrale andere Pläne oder musste da wieder einmal ein Vetterle versorgt werden?

Wenige Minuten später kam Maria mit einem Fax und legte es auf seinen Tisch mit den Worten: „Können sie mir sagen, was das soll?"
Werner las und konnte es nicht fassen, was dort stand:

Sehr geehrter Herr Dr. Wielandt,

Ihrem Reiseantrag nach Bangalore können wir nicht zustimmen. Wir halten das Projekt Computer-Netzwerke für ein zum jetzigen Zeitpunkt viel zu riskantes Unterfangen. Nach unserer, mit den Fachleuten im Vorstand abgestimmten Auffassung, ist es ein Irrweg, auf der Basis von Personal-Computern leistungsfähige Netzwerke aufbauen zu wollen. Unserer festen Überzeugung nach geht die Entwicklung in die Richtung großer Zentralrechner, an die eine große Zahl von Workstations angebunden werden kann. Wir halten es zusätzlich nicht für nützlich, wenn jeder Mitarbeiter, der Zugang zu einer Workstation hat, über eigene Rechnerleistung verfügen kann.

Wir bitten Sie daher, dieses Projekt nicht weiter zu verfolgen und auch die diesbezüglichen Kontakte nach Charlotte zu beenden.

Hochachtungsvoll
zwei Unterschriften

Werner traf diese Nachricht ins Mark. Denn er hatte sich von den gemeinsamen Aktivitäten mit den Amis auch für seine persönliche Situation viel versprochen. Wortlos legte er das Schreiben Maria auf den Tisch. Nach seinen jüngsten Erfahrungen mit ihr, ging er davon aus, dass er niemandem von dem Fiasko erzählen musste, es würde sich mit Marias Hilfe von selbst verbreiten.

Werner setzte sich an seinen Schreibtisch und sah die Post durch. Zu drei Schreiben diktierte er, entgegen seiner sonstigen Gepflogenheiten, sofort die Antworten. Er hatte sich eigentlich die militärische Übung angewöhnt, die Dinge erst einmal eine Nacht zu überschlafen. Die Stellungnahme des Vorstands hatte ihm aber so zugesetzt, dass er nicht mehr ganz klar denken konnte. Wie benebelt nahm er als Nächstes seinen Terminkalender zur Hand, um alle Eintragungen zu suchen, die mit dem Projekt 'Netzwerke' zu tun hatten und ließ sie von Maria canceln, außer denen in Charlotte. Paul Webber und Ronald Radliff wollte er selbst unterrichten. Es bestanden mit ihnen ordentliche Geschäftsbeziehungen, so dass er für diese Geschäftsreise niemand fragen musste. Er beauftragte Maria, ihm ein Ticket zu besorgen für Hin- und Rückflug mit drei Tagen Aufenthalt in Charlotte.

„Buchen sie business class für den Flug und als Hotel das Mariott."

In Charlotte traf er auf zwei Freunde, die völlig konsterniert seine Botschaft entgegennahmen. Sie bedauerten die ganze Situation und vor allem Werner selbst. Ihre Antwort auf die Geschehnisse war typisch amerikanischer Pragmatismus:

„Pack deine Familie zusammen und komm zu uns."

Aber Werner war noch nicht so weit:

„Vielen Dank für das Angebot. Wenn ihr nichts dagegen habt, dann würde ich das noch eine Weile in meinem Herzen bewegen und später wieder darauf zurückkommen."

„Du musst dich jetzt nicht entscheiden, aber du sollst wissen, dass für dich unser Türchen immer offen ist." Werner war richtiggehend gerührt und musste mit den Tränen kämpfen.

Am Abend gingen sie in ein Steakhouse, aßen die dort üblichen Riesensteaks und schlossen den Tag in einer Bar ab, in der sie sich ordentlich besoffen. Sie nannten das Leichenschmaus mit Whisky.

Gut ausgeschlafen flog Werner am übernächsten Tag zurück. Während des Fluges überdachte er noch einmal alles und nach der halben Strecke hatte er innerlich gekündigt:
„Ich muss raus aus dieser Lage, in der ich immer wieder zwischen die Backen gerate. Als Geschäftsführer in einer Konzerntochter weiß ich doch nie, ob ich von den Untersten der Oberste oder von den Obersten der Unterste bin.‟

Er nahm sich vor, sich mit Brigitte zu beraten, was sie tun wollten. Denn jetzt war der Zeitpunkt gekommen, an dem alles verloren war, was er sich aufgebaut hatte. Er hatte erfahren müssen, dass es besser gewesen wäre, dem Rat des alten Bohnen zu folgen und niemand, auch nicht Maria, zu vertrauen. Eine andere Weisheit, die von einem seiner Uni-Professoren stammte und die er immer als sarkastischen Beitrag von sich gab, wenn es in Gesprächen oder Diskussionen um Karrieren ging, von dem er aber überzeugt war, dass er niemals davon betroffen sein würde, lautete:
Sei fair zu allen, die du auf deinem Weg nach oben triffst, du wirst sie auf deinem Weg nach unten alle wiedersehen.

Zu Hause angekommen, sah er das Flugblatt dieser AMV auf dem Couchtisch liegen, mit dem sich wohl Brigitte in der Zwischenzeit intensiver befasst hatte, denn da waren einige Randnotizen hinzugefügt und einige Stellen gemarkert. Die Versammlung sollte am nächsten Tag, einem Freitag, in der Aula der in diesem Stadtteil neu gebauten Gesamtschule stattfinden, Beginn neunzehn Uhr.

So sehr sich Werner auch um Pünktlichkeit bemüht hatte, kamen sie trotzdem zwanzig Minuten zu spät. Die Aula bot ein bedauernswertes Bild. Es waren nur gut drei Dutzend Bürger gekommen und die waren fast alle in Parteien, Bürgerinitiativen oder Verbänden engagiert. Die Veranstaltung hatte noch nicht begonnen. Werner schaute sich das Publikum an und versuchte es einzuordnen: Da war zunächst vorne in der Mitte ein Schultisch, um den sich eine kleine Gruppe geschart hatte, offensichtlich die Initiatoren der Veranstaltung. Im hinteren Bereich saß ein halbes Dutzend offensichtlich stark linkslastiger Chaoten und ihnen gegenüber flegelten sich drei übel aussehende Typen mit Springerstiefeln und Bomberjacken in die Stuhlreihe. Die Vertreter der Parteien und der anderen Organisationen waren wohl in erster Linie als Beobachter gekommen, um zu sehen, ob ihnen diese AMV bei der in rund einem Jahr stattfindenden Kommunalwahl möglicherweise Stimmen wegnehmen könnte.

Vorne am Veranstalter-Tisch saßen jetzt drei Menschen. Zwei Frauen und ein Mann. Der war der Prototyp eines Ökofreaks, Unterart Warmduscher. Die beiden Frauen wirkten da schon mannhafter. Die eine, die sich in die Mitte gesetzt hatte, eröffnete die Versammlung, indem sie erst einmal alle begrüßte und dann ein Pamphlet vorlas, das ständig so klang, als entschuldige sie sich dafür, dass sie zu dieser Veranstaltung eingeladen hat. Prompt kam aus der roten Gruppe ein Antrag zur Geschäftsordnung, der verlangte, als erstes einen Versammlungsleiter zu wählen. Brigitte und Werner schauten sich an. Jetzt begann auch hier das, was Willy Brandt damals Demokratismus nannte: Unendliche Debatten um die Geschäftsordnung, die dann damit endeten, dass darüber abgestimmt wurde, ob abgestimmt werden soll. Werner meldete
sich zu Wort:
„Meine sehr geehrten Damen und Herren, liebe Nachbarn,
Zunächst möchte ich – und das sicherlich auch im Namen aller, die heute abend gekommen sind – den Initiatorinnen dieser Versammlung sehr

herzlich für ihr Engagement danken. Der Anlass unseres Treffens ist nichts Erfreuliches. Die Mächtigen in dieser Stadt haben beschlossen, ihren Müll vor unseren Nasen zu verbrennen. Und genau das stinkt uns. Man hat nicht den am besten geeigneten Standort ausgewählt, sondern den vermeintlich bequemsten weil man wohl glaubt, dass hier in unserem Wohnpark Ludwigsforst nur Neubürger wohnen, die noch nicht so einen Zusammenhalt gefunden haben wie die alteingesessenen Bürger in den anderen Stadtteilen. Die Stadtoberen geben sich offenbar der Illusion hin, dass sich hier kein bürgerlicher Widerstand bilden und man mit dem Projekt leichtes Spiel haben wird. Wir müssen diesen Leuten zeigen, dass sie auf dem Holzweg sind. Dies ist zwar ein junger Stadtteil, trotzdem sind wir uns einig und lassen uns nicht einfach vereinnahmen. Auch die Herren von der Springerstiefel-Abteilung sind umsonst gekommen. Sie können wieder abmarschieren, dies hier ist kein Terrain für sie. Genau so wenig, wie für die Leute, denen jede Farbe egal ist – Hauptsache sie ist rot. Nein, liebe Leute wir wollen eine ernsthafte Alternative sein zu dem, was Stadtverwaltung und Stadtrat wollen – und wir werden bessere Lösungsvorschläge einbringen...“

Werner heizte geschickt noch die Stimmung

gegen die Radikalen an, denn ihm war klar, dass man mit denen an der Seite sich Läuse in den Pelz setzte, die jede Aktion zum Scheitern verurteilen würden. Als er endete hatten zuerst die Rechten mit großem Gepolter den Saal verlassen, wenig später etwas disziplinierter gefolgt von den Roten.

Brigitte saß neben Werner und betätigte sich als Claqueur, so dass er viel Beifall erhielt, aber es waren jetzt nur noch rund dreißig Leute im Saal. Werner und Brigitte war klar, dass man einige tausend Unterstützer brauchte, wenn man erfolgreich etwas gegen die Müllverbrennung an diesem Standort unternehmen wollte.

Als die beiden nach Hause kamen, holte Werner erst einmal eine Flasche Rotwein und schenkte zwei Gläser ein. Brigittes Augen leuchteten:
„Ich fühle mich wieder zwanzig Jahre jünger. Wo hast du das bloß gelernt. Mein Werner im Agitprop-Modus. Was werden da deine Weiber zu Hause sagen."
„Die kriegen das ja leider nicht mit," bedauerte Werner.
Brigitte schwieg eine Weile, dann holte sie Werners alte Erika hervor und sagte:
„Das kann man ändern. Wir machen einfach einen Pressebericht. Sie spannte Papier ein und schrieb als Kopfzeile: 'Initiative gegen

Müllverbrennung in Wohngebieten c/o dann folgte der Nachname ihrer Eltern und deren Adresse.

„Die haben bestimmt nichts dagegen, denn wie ich meine Eltern einschätze, stimmen sie da voll und ganz mit uns überein."

Für die Aktion war wichtig, dass die Absender-Adresse neutral aussah.

Dann folgte der Text des Presseberichts, der sich las, als sei ein Reporter vor Ort gewesen. Ausgiebig und mehrfach erwähnt wurde der Industriemanager Werner Wielandt, der mit seinem Redebeitrag das Anliegen der Veranstalter auf den Punkt gebracht habe und sie gleichzeitig aus der reinen Protestecke heraus geführt habe. Die AMV sei damit zu einem ernsthaften Gesprächspartner für Stadtrat und Verwaltung geworden und habe sich dank der klaren Worte von Werner Wielandt von allen radikalen Strömungen abgegrenzt. Brigitte nahm das Schriftstück am Morgen mit in den Verlag und schickte es per Fax an die beiden in der Stadt verbreiteten Tageszeitungen, an zwei Anzeigenblätter und die Redaktionen eines Radiosenders, der auch regionale Nachrichten verbreitete sowie an das Dritte Fernsehprogramm, das ebenso unterwegs war. Dass die Telefaxe den Absender von Brigittes Verlag trugen, erzeugte durchaus den gewünschten Effekt.

Als die Presseberichte in den nächsten Tagen tatsächlich erschienen und auch noch das Fernsehen am Samstag in seiner Wochenübersicht Werner Wielandt erwähnte, waren die Kinder völlig aus dem Häuschen. Ihr Vater war für sie jetzt mindestens so prominent wie der Bundeskanzler. Werner klärte sie dann auf, dass er diese Bekanntheit eigentlich nur Brigitte zu verdanken habe, weil sie eine tolle Pressereferentin sei.
„Dann seid ihr ja ein echtes Dream Team".
Die Eltern standen sich gegenüber, nahmen sich in die Arme und küssten sich, was bei den Kindern wahre Freudenausbrüche auslöste.

Aber auch in Werner löste dieser Erfolg etwas aus. Er sah fern am Horizont, einer fata morgana gleich, noch ganz schemenhaft ein Stück Zukunft heraufdämmern. Was wäre, wenn... dachte er am anderen Morgen, als er in die Firma fuhr. Er verwarf den Gedanken wieder, denn in wenigen Minuten würde ihn das Tagesgeschäft eingeholt haben. Dort wartete schon Frau Kalweidt, die Personalchefin, mit einem Arm voll Personalakten. Es war natürlich in Windeseile zu ihr durchgedrungen, dass bei den Geschäftsführern eine Rochade bevorstand. Deshalb war sie gekommen, um Werner einige

Vorschläge zu unterbreiten für Mitarbeiterinnen, die sie für geeignet hielt, Marias Position in seinem Vorzimmer einnehmen zu können, wenn die zu Siegfried Vogt wechselte.

Sie setzte sich in die Besucherecke in Werners Büro, wo ein kleiner Tisch stand, auf dem sie die mitgebrachten Dokumente ablegen konnte. Frau Kalweidt zog eine Akte nach der anderen aus dem Stapel hervor und sagte jeweils einige Worte über die Aspirantinnen, nicht ohne Werner um äußerste Diskretion zu bitten, damit hinterher nicht ein wilder Zickenkrieg ausbrechen konnte, wenn bekannt würde, mit wem er über die Position gesprochen hatte und mit wem nicht. Frau Kalweidt wunderte sich darüber, dass sich Werner für die erst zwanzigjährige Diana Moser entschied. Die hatte zwar noch wenig Erfahrung, zeigte aber im Gespräch ihren wachen Verstand und ihre Cleverness. Werner war sich sicher, dass sie unter seinen Fittichen schon nach kurzer Zeit eine vollwertige Vorzimmerkraft sein würde.

Im Übrigen gefiel ihm auch ihre wilde Mähne, die ihr einen Hauch von 'la Boheme-Stimmung' verlieh. Er rief sie zu sich, denn er wollte ihr seine Entscheidung gerne selbst mitteilen und gleich noch ein persönliches Gespräch mit ihr führen. Als sie zu ihm kam, sagte er ihr erst einmal:

„Lassen sie die Tür bitte offen," dann setzte er sich hinter seinen Schreibtisch und wies ihr den mindestens zwei Meter vom Schreibtisch entfernt stehenden Besucherstuhl zu. Dann fragte er sie nach ihren Ambitionen, warum sie diese Ausbildungsrichtung eingeschlagen hätte. Sie erzählte, dass sie die mittlere Reife so acho cum cracho geschafft hätte. Es sei bei ihr aber eine gewisse Sprachbegabung festgestellt worden. Deshalb habe sie eine Lehre als Bürokauffrau gemacht, in der Hoffnung ihr Talent für Sprachen einmal anwenden zu können.

„Und was machen ihre Eltern?"

„Meine Mutter hat eine Reinigungsfiliale und mein Vater ist Fahrer bei der Müllabfuhr."

„Schön", sagte Werner. Er gab ihr die Hand und sagte:

„Dann auf eine gute Zusammenarbeit. Sie fangen übermorgen bei mir an."

Diana fragte noch einmal nach:

„War das alles?"

„Ich denke, wir werden uns in der nächsten Zeit ja noch näher kennenlernen."

Werner sagte Maria Bescheid und wies sie an, die Dinge ordentlich zu übergeben und ihre junge Kollegin so weit wie möglich zu unterstützen. Maria machte keine Probleme und versprach sich Diana gegenüber sehr kollegial zu verhalten. Die Stabübergabe versprach somit reibungslos zu verlaufen.

„Zickenkrieg und Stutenbissigkeit hätten mir jetzt grade noch gefehlt", stöhnte Werner in sich hinein. Er räumte seinen Schreibtisch auf und fuhr nach Hause.

Brigitte war nur kurz im Verlag und sammelte dann die Kontaktdaten der Mitglieder der AMV-Bürgerinitiative, soweit sie die zusätzlich zu den Daten der Initiatorinnen bekommen konnte. Sie stellte fest, dass es sich höchstens um ein Dutzend Leute handelte, die da ihre Aktivitäten entfalteten.

Brigitte und Werner wollten auch keine Müllverbrennung vor ihrer Haustür haben und beschlossen deshalb, dagegen vorzugehen, indem sie dieser AMV beitreten wollten, um der ein wenig mehr Leben einzuhauchen. Protestversammlungen in Schulaulen oder Turnhallen mochten durchaus ihren Charme haben und schlecht gemachte Flugblätter dem Zeitvertreib so mancher Rentner dienen, aber wenn man so ein Monstrum nicht vor seiner Haustür haben wollte, bedurfte es anderer Kaliber.

Auf dem Flugblatt, das auch bei ihnen gelandet war, standen in der letzten Zeile unter v.i.S.d.P.

zwei Namen mit Adressen, allerdings ohne Telefon-Nummern. Deshalb schrieben sie an die erste Adresse einen Brief mit Kopie an die zweite, in dem sie ihre Mitarbeit anboten und die beiden zu einem Gespräch einluden. Es dauerte fast zwei Wochen bis sie eine Antwort erhielten.

„Ich glaube deren Organisation ist noch schlechter, als wir uns das vorstellen",

unkte Werner und Brigitte dachte ständig laut darüber nach, welche Wege es gibt, auf denen man eine größere Öffentlichkeit erreichen könnte.

„Du musst deine Kontakte zu den Presseorganen nutzen", regte Werner an.

„Die bestehen aber hauptsächlich zu kunsthistorischen Fachzeitschriften und in der Tagespresse zu den Feuilletons."

„Aber die können dich doch bestimmt an die richtigen Kameraden weiterreichen."

„Dann lass' uns mal einen Text verfassen, den ich versuchen kann, unterzubringen."

Als sie sich ans Werk machten, sprach aus Werner gleich wieder der Taktiker:

„Wir müssen das so formulieren, dass der Feind zu einem Gegenschlag provoziert wird."

„Werner halte ein," mahnte Brigitte lachend, "wir sind nicht im Krieg, draußen ist überall Frieden. Es muss heißen: Wir müssen die Befürworter der Müllverbrennungsanlage dazu bringen, auf unseren Artikel zu entgegnen."

„Na schön, wenn es der Erhaltung des Weltfriedens dient...," gab sich Werner geschlagen.

Die Antwort war auf einer Ansichtskarte mit einem schönen Blumenstrauß gekommen, auf der die Absenderin sich in ganz kleiner Schrift für das Interesse bedankte und unten in noch kleinerer Schrift auch eine Telefon-Nummer stand.

Brigitte nahm die Karte an sich:
„Dann wollen wir mal von Frau zu Frau miteinander reden."
Werner hatte inzwischen herausgefunden, dass die Adresse ein Haus war, das noch im alten Teil von Ludwigsforst lag an einer unscheinbaren kleinen Stichstraße, sozusagen gleich bei ihnen um die Ecke. Obwohl sie fast jeden Tag daran vorbeifuhren, war ihnen die Straße nicht als solche aufgefallen, sie hielten sie mehr für eine Einfahrt in ein größeres Grundstück.

Brigitte sprach mit der Aktivistin und hörte, dass sie richtig glücklich war, weil sich endlich einmal jemand meldete, der helfen wollte. Bisher wurde sie nur von Klugscheißern angerufen, die ihnen für ihre Kampagne Verbesserungsvorschläge machten, aber nachdem sie eine Dreiviertelstunde gequasselt hatten, stets betonten, sie hätten keine Zeit für eine aktive Mitarbeit. Brigitte fragte, ob sie mit ihrer Mitstreiterin nicht gleich mal herüber kommen wolle. Die Anruferin war fast sprachlos, dass da kein langstieliger Vorschlag für eine Verabredung kam, für die alle erst einmal ihren Terminkalender hätten holen müssen. Sie sagte zu, sie beide kämen in einer halben Stunde. Brigitte räumte die Blumen auf dem Tisch beiseite, Werner holte eine Flasche Rotwein und Brigitte machte noch ein paar Schnittchen.

Als die beiden kamen, dachte Werner:
„Wie Pat und Patachon in weiblich. Die eine, etwas jüngere, mochte so Ende dreißig sein, war kleiner und etwas fülliger als die andere, hatte dunkle Haare und dunkle Augen, die unter ihrer etwas in die Stirn gezogenen Kurzhaarfrisur hervorblitzten, die andere war schon deutlich jenseits der vierzig, sehr schlank, fast ein wenig spiddelig, hatte halblange brünette Haare, in die sich schon einige graue eingeschlichen hatten. Sie waren erstaunt über die helle moderne Einrichtung, die den Raum so groß erscheinen ließ. Die Möbel von Werner und Brigitte waren nie im Eiche-rustikal-Stil, sondern eher sachlich und klar an das Bauhaus angelehnt. Sie nahmen an dem großen Tisch im Esszimmer Platz, den Werner etwas mehr zur Mitte hin geschoben hatte, damit man sich mit den Unterlagen besser

ausbreiten konnte.

Werner schenkte allen von dem Rotwein ein und erhob das Glas, bevor er sich setzte:

„Dann also noch einmal herzlich willkommen ---

Wenn wir uns nun entschlossen haben zusammenzuarbeiten und ein wichtiges Projekt gemeinsam durchzuziehen, schlage ich vor, dass wir du sagen, dort drüben sitzt meine schöne Frau, sie heißt Brigitte ich bin Werner und von dem Flugblatt weiß ich, das eine von euch Lydia heißt und die andere Barbara. Aber wer ist nun wer?"

Die lange spiddeliche sagte:

„Ich bin die Lyddie und das ist die Bärbel".

Werner hob noch einmal das Glas und warf über den Tisch hinweg ein herzliches:

„Dann auf eine gute und erfolgreiche Zusammenarbeit."

Das Telefon klingelte; Brigitte ging in den Flur, wo das Ding stand. Dr. Scheuermann war in der Leitung. Das war eine ganz ungewöhnliche Sache, dass der Werner zu Hause anrief und dann auch noch um diese Zeit. Es war schon fast zwanzig Uhr geworden. Dr. Scheuermann war recht kurz angebunden und wollte lediglich einen Termin für den nächsten Vormittag vereinbaren. Nach kurzem Gespräch hörte Brigitte Werner sagen:" Okay, ich werde rechtzeitig da sein --- ja acht Uhr dreißig. Und Tschüß. --- Da muss ja was sehr Ernstes anliegen", sagte er zu Brigitte."

Dann wandten sie sich wieder ihren Gästen zu.

Werner hatte die Zeitungsnotizen ausgeschnitten und auf DIN A 4 geklebt, damit er sie in einem Ordner ablegen konnte. Die beiden Damen hatten sie auch gesehen und auch die Erwähnung im Fernsehprogramm.

„Wir wissen gar nicht, wer von der Zeitung da war und wer das Fernsehen informiert hat," war ihr Kommentar dazu. Brigitte klärte sie auf:
„...und deshalb wird auch Werner so positiv erwähnt. Ich bin nämlich sein größter Fan."
„Kunststück, sie ist schließlich mein einziger."
„Wenn sie aber noch öfter bei uns auftreten, werden sie bald noch mehr haben."
„Genau deshalb haben wir sie eingeladen",
ergriff Brigitte das Wort.
„Wir wollen mit ihnen darüber sprechen, wie wir dem Ganzen mehr Schub verleihen können. Wir müssen uns breiter aufstellen, wenn wir diese träge Masse aus Rat und Verwaltung bewegen wollen. Da laufen doch schon längst unter der Hand vertrauliche Grundstücks-Spekulationen, und zwar nicht nur bei uns, sondern auch in den Nachbargemeinden, allen voran in Hansunstedt. Dort wissen die noch von gar nichts, und glauben das geht sie alles gar nichts an."
Werner fiel ihr ins Wort: „Denen geht es wie in dem alten Kalauer vom Großwildjäger, der

seinem Gast seine Trophäensammlung zeigt: „...das ist ein indischer Tiger, diesen Bär habe ich in den Karpaten geschossen, den Grizzly in Alaska, den Polarfuchs in Kanada..." So führte er seinen Besucher an der Wand entlang auf der diese Tierköpfe so präpariert waren, dass sie den Betrachter alle fürchterlich grimmig anschauten. Auf einmal sah der Gast, dass da auch ein Frauenkopf hing. Etwas befremdet fragte er :

„Und was ist das?"

„Das ist meine Schwiegermutter."

„Aber die lacht ja!"

„Die hat bis zum Schluss gemeint, sie wird fotografiert."

Lyddie und Bärbel wollten sich nicht mehr einkriegen vor Lachen:

„Den musst du bei der nächsten Versammlung zum Besten geben!"

riefen sie immer wieder.

Brigitte mahnte jetzt zum ernsthaften Arbeiten. Sie legten nach einem kleinen brain-storming, dessen Technik Werner zuvor erklärt hatte, eine to-do-list an, in der das gesammelt wurde, was das brain storming erbracht hatte, sortierten alles in eine Reihenfolge und erstellten dann eine Liste 'Wer macht was?'

Es stellte sich heraus, dass Lyddie Gymnasial-

Lehrerin war und Chemie und Physik unterrichtete, während Bärbel in einem Labor arbeitete, das Luft-, Wasser–, und Bodenproben analysierte und die Schadstoffbelastung feststellte. Die Erkenntnisse aus ihren beruflichen Tätigkeiten, gaben letztlich den Anstoß, gegen die Müllverbrennungsanlage vorzugehen.

„Damit sind wir ja eine ganz starke Truppe," manifestierte Werner,

„lasst uns darauf anstoßen und unseren Bund besiegeln",

rief er von der Kellertreppe aus, weil er rasch eine Flasche Champagner hochholte.

Lyddie und Bärbel wollten nach dem Schampus eigentlich nach Hause gehen, drucksten aber noch eine Weile herum bis Werner zum zweiten Mal, jetzt deutlicher, sagte:

„Wir sehen uns am Sonntag um elf zu einem Arbeitsbrunch, open end, da können wir alles noch einmal vertiefen."

Dann fasste Lyddie endlich den Mut, das loszuwerden, was sie schon den ganzen Abend bedrückte:

„Wir wollen dem Vorhaben, das jetzt so positiv beginnt nicht schaden und wir wollen auch nicht, dass ihr wegen uns eine schlechte Presse kriegt. Wir wollen euch deshalb warnen: Wir leben zusammen."

„Was soll das heißen: Ihr wollt uns warnen? Was heißt, ihr lebt zusammen? Soll das heißen, dass ihr lesbisch seid?

Beide nickten verstohlen.

Darauf wurde Werner laut, seine Seele kochte:

„Lesbisch! Na und? Hört mal Mädchen, wir erleben gerade die letzten Zuckungen des zwanzigsten Jahrhunderts, nicht des neunzehnten. Was haltet ihr denn von uns? Wenn da jemand meint er muss Anstoss nehmen an euch, dann wird ihm oder ihr das nicht gut bekommen."

„Ja, aber zur Zeit spricht doch alles über Aids ,

„Aber doch nur bei Männern, oder seid ihr etwa positiv?"fragte Werner voller Ironie.

„Nein natürlich nicht."

„Und wenn ihr es dann seid, sagt mir Bescheid, ich schlaf' dann halt eine Zeitlang nicht mehr mit euch."

Die beiden waren froh, dass Werner und Brigitte das alles so locker und humorvoll nahmen und machten sich auf den Heimweg.

„Aber ihr habt doch zwei verschiedene Adressen?" fragte Brigitte noch beim Abschied.

„Ja, aber meine ist die richtige," antwortete Lyddie. „Bärbel ist bei ihren Eltern gemeldet,wir leben aber zusammen bei mir."

Am anderen Morgen beeilte sich Werner ins Büro zu kommen, um lieber etwas vor dem Termin mit Dr. Scheuermann da zu sein, als ihn warten zu lassen. Der Berufsverkehr morgens war unberechenbar, so dass man da schon auch mal eine halbe Stunde Pufferzeit brauchen konnte. Deshalb verzichtete er auf das übliche bringe Szenario für die Kinder. Brigitte fuhr sie direkt zur Schule, auf deren Vorplatz es von Monat zu Monat voller wurde, weil immer mehr Eltern ihre Kleinen, die meistens überhaupt nicht mehr so klein waren, mit dem Auto zur Schule brachten. Brigitte hatte den Verdacht, dass viele mit ihrem Auto nur angeben wollten.

Werner hatte an diesem Morgen großes Glück mit der Verkehrslage und kam sogar einige Minuten früher an als gewöhnlich. Er schaute sich auf dem ganzen Flur um, fragte Diana, ob heute etwas besonderes anliege und schaute auch bei Maria kurz rein --- alles war ruhig und entspannt. Das machte die Sache noch mysteriöser:
„Was wollten die bloß?"
Dann sagte er Diana Bescheid, dass Dr. Scheuermann gleich käme. Diana setzte direkt den Wasserkocher in Gang, stellte den Honig auf das Servierbrett, das Werner einmal auf einem Flohmarkt erworben hatte und das Dr. Scheuermann sehr hübsch fand. Werners Kommentar dazu:
„Geschmachsache, hat mal einer gesagt und in die Kernseife gebissen."
Dr. Scheuermann kam pünktlich und freute sich,

dass man an seinen Tee gedacht hatte. Er setzte sich in Werners Büro auf den Besucherstuhl und bat Werner sich auch zu setzen und Diana zu sagen, dass sie auf gar keinen Fall gestört werden dürften. Dr. Scheuermannn begann zu sprechen:

„Wielandt, wie sie wissen ist unser Konzern eine nicht so ganz typische Aktiengesellschaft, weil die Aktionäre nicht weit verstreut und anonym sind, sondern es zwei Großaktionäre gibt, von denen jeder fünfunddreißig Prozent des Kapitals hält und sich nur der Rest im Streubesitz befindet. Die beiden Großen sind natürlich keine Einzelpersonen mehr, es sind längst Familienstämme geworden, die auch bei der Besetzung der entsprechenden Vorstandsposten ihre Kandidaten haben, also jeder Stamm für sich. Jetzt ist wieder einer der Nachkommen soweit, dass er nach seinem Studium und zwei Auslandsaufenthalten ins Berufsleben einsteigen kann. Für einen Vorstandsposten hat er noch zu wenig Erfahrung, so dass er sich die erst einmal erwerben soll. Die Herrschaften haben sich dann im Konzern umgeschaut und glauben bei ihnen fündig geworden zu sein. Das heißt, der junge Mann soll ihre Position übernehmen."

Werner hatte aufmerksam zugehört und hätte beinahe sofort zu allem ja gesagt, kam aber noch rechtzeitig zur Vernunft und die ließ ihn sagen:

„Das muss ich erst einmal verdauen. Geben sie mir vierundzwanzig Stunden Bedenkzeit. Ich muss natürlich auch mit meiner Frau darüber sprechen und mal schauen, welche Auswirkungen für unsere Kinder zu erwarten sind. Ich muss ja auf jeden Fall den Konzern verlassen, denn es wäre für uns alle nicht gut, wenn wir uns ständig über den Weg laufen müssten und das womöglich, wenn wir im einen oder anderen Fall unterschiedliche Auffassungen von künftigen Strategien, der Weiterentwicklung des Unternehmens, Diversifikationen und ähnlichen Grundsatzfragen hätten. An einen Wechsel habe ich bis dato überhaupt nicht gedacht. Deshalb müsste ich erst einmal Kontakte zu Head-Huntern, Personalberatern und so weiter suchen."

Dr. Scheuermann bewunderte Werners Ruhe, die er auf der einen Seite ausstrahlte und andererseits klare Gedanken äußerte, die auch nicht den geringsten Anflug von Panik zeigten.

Werner ging auf die Dr. Scheuermann'schen Ausführungen gar nicht weiter ein. Er sagte zu ihm:

„Sie werden sicherlich verstehen, dass ich mir für den Rest des Tages frei nehme und morgen einen Tag Urlaub dranhänge."

Er sagte Diana, sie solle alle Termine absagen

und da, wo sie es verantworten könne, neue vereinbaren. Sie habe sein volles Vertrauen. Nun war er also so weit unten, dass er eigentlich schon allen begegnet sein müsste, die er auf dem umgekehrten Weg gesehen hatte.

"Was nicht ist kann ja noch werden, denn das ging jetzt alles doch sehr schnell. Runter geht es halt immer noch schneller als rauf."

Dann fuhr er nach Hause.

Er wollte Brigitte nicht vom Büro aus anrufen und ihr auch nicht im Verlag am Telefon berichten, was geschehen war. Schließlich stand auf einmal ihr gesamtes gemeinsames Leben und auch das der Kinder auf dem Kopf. Mit dieser Situation hatten weder er noch Brigitte auch nur im Entferntesten gerechnet. Er war in Industriekreisen zwar kein Unbekannter mehr, dennoch würde er es schwer haben, wieder eine ähnliche Position zu finden, zumal sich der Konjunkturhimmel gerade eintrübte und Werner seinen Absprung bisher tatsächlich nur gedacht hatte und noch nicht tätig geworden war. So grübelte er vor sich hin, während er auf Brigitte wartete. Nach kurzer Zeit war er in seinem Sessel eingeschlafen.

Die Abenddämmerung hatte schon eingesetzt als Brigitte nach Hause kam. Sie war schon etwas beunruhigt, weil sie den ganzen Tag nichts von Werner gehört hatte, aber als sie ihn friedlich schlafend da liegen sah, dachte sie nicht im Entferntesten, dass ihr Leben an diesem Tag völlig neue Perspektiven bekommen hatte. Wenig später kamen auch die Kinder von ihrem langen Schultag nach Hause. Er war so lang, weil alle drei direkt nach dem Unterricht zum Sport-Training gingen. Die Eltern hielten es, nachdem sie sich kurz abgestimmt hatten, für richtig und gut, die Kinder von Anfang an einzubeziehen, denn schließlich ging es auch um deren Zukunft.

Werner erzählte ausführlich, was geschehen war und welcher ist-Zustand jetzt vorlag. Dann stellte er sich und den anderen die Frage:

„Was ist zu tun? Betreiben wir die große Nabelschau und erhoffen uns dass ein deus ex machina herabsteigt, um uns die Lösung zu bringen? Suchen wir Schuldige? Soll ich mich in einen Bewerbungsmarathon stürzen oder die Dinge ruhig und überlegt angehen?"

Sie stimmten schnell darin überein, dass man nichts überstürzen sollte. Sie verfügten über ausreichend finanzielle Reserven, um selbst einen größeren Zeitraum überbrücken zu können. Außerdem hatte ja Brigitte noch ihren Job, in dem sie so viel verdiente, dass allein schon sie damit die Familie über die Runden bringen würde. Vor diesem Hintergrund durften also auch Visionen entwickelt werden.

„Dann könntest du dich ja in der AMV-Initiative richtig engagieren",
schlugen die Kinder vor. Und Werner nickte:
„Ja, daran habe ich auch schon gedacht."
Alle Fünf gingen spontan zu diesem Thema über. Jeder hatte ein paar Ideen parat, wie man eine großangelegte Kampagne gestalten müsste. Auf einmal sah Werner auch, was die Kopfwäsche, die Charles ihm verpasst hatte für Nachwirkungen hatte. Vorher hätte er eher dazu geneigt, seine Kinder zu instrumentalisieren, sie allenfalls als nützliches Beiwerk auf einen Kampagne-Prospekt mitzunehmen, jetzt aber saß er mit ihnen an einem Tisch und bezog sie mit ein in das, was er stets als 'Erwachsenenwelt' bezeichnet hatte. Obwohl er die Kinder mit Brigitte zusammen aufgezogen hat, vermochte er erst jetzt zu erkennen, welches Potential in ihnen steckte. In einer kleinen Denkpause, als alle für einige Momente schwiegen, stieg Stolz und gleichzeitig auch ein wenig Ärger in ihm hoch. Stolz auf seine Kinder und Ärger darüber, dass er so lange gebraucht hatte, um sie für voll zu nehmen.

„Das Hauptproblem ist wohl, dass diese AMV keine kurzfristigen Ideen und keine längerfristigen Visionen hat" begann Werner zu dozieren, aber sein Tonfall und sein duktus waren anders als sonst. Jetzt sprach einer zu Seinesgleichen, nicht mehr von oben nach unten, sondern auf gleicher Augenhöhe. Werner merkte, wie es ihm gut tat, sich nicht mehr als Motor und als Antreiber zu sehen, sondern als Mitglied in einer Gemeinschaft, die ihre Kräfte bündelt, um ein gemeinsames Ziel zu erreichen. In dieser Stimmung sammelten sie Ideen, Argumente, Literaturquellen und Zitate aus Büchern, Zeitschriften, Zeitungen, Lexika und allem, was gerade verfügbar war, für das Treffen am Sonntag.

Brigitte hatte einen großen Tisch mit in die Ehe gebracht. Er stammte aus den zwanziger Jahren, konnte dreimal ausgezogen werden und bot achtzehn Personen Platz. Auf dem Sideboard, das drei Meter lang war, wurde ein Brunch-Buffet aufgebaut. Wie immer, wenn sie Gäste hatten, war es so bestückt, dass alle satt wurden und wenn nötig auch noch ein halbes Dutzend unangemeldeter Gäste versorgt werden konnte. Deshalb störte es nicht, dass Lyddie und Bärbel tatsächlich noch zwei 'Mittäter' im Schlepptau hatten. Es waren visionäre Kleinunternehmer von denen der eine Luftfilteranlagen herstellte, die man in die Schornsteine von beispielsweise auch Müllverbrennungsanlagen einbauen konnte.

Er hatte die testierten Untersuchungen namhafter Institute dabei, die seinen Filtern einen Wirkungsgrad von bis zu dreiundneunzig Prozent bescheinigten.

Der andere hatte ein Steuerungsmodul entwickelt, das über Sensoren ständig den Feuchtigkeitsgrad des in die Brennkammern eingebrachten Mülls zu messen in der Lage waren und je nach Messergebnis die Erdgas-Zusatzbefeuerung optimierte.

Ziel der Gruppe war es nicht, nur eine Protestaktion gegen so eine Anlage zu organisieren, das taten ja schon viele. Von denen machte allerdings keiner einen realistischen Vorschlag, wie man denn überhaupt dem Problem Herr werden könnte. Der Gruppe, die sich hier versammelt hatte, ging es darum, die Müllverbrennung, zu der sie zumindest in der näheren Zukunft keine vernünftige Alternative sahen, so wenig umweltschädlich wie irgend möglich, durchzuführen. Diese Willensbekundung wurde in das Protokoll aufgenommen, zu dessen Führen sich Brigitte bis auf weiteres verpflichtet hatte.

So entstand im Laufe des Nachmittags, ohne dass es eine feste Tagesordnung gab, eine Agenda dessen, was in den Augen der Anwesenden wichtig war. Wenn manche

Meinungsäußerungen in hitzige Debatten auszuarten drohten, brachten Lyddie und Bärbel dank ihres ausgeprägten pädagogischen Geschicks die manchmal aufgeregten Diskutanten wieder in die Spur.

Alle waren darauf erpicht möglichst schnell mit einem geschlossenen Argumentationspapier herauszukommen. Deshalb verabredete man sich auf künftig zweimalige Treffen pro Woche. Das nächste wurde für den kommenden Mittwoch vereinbart.

Werner hatte schon während seiner Schul-und Studienzeiten an Vereinsgründungen und der Ausarbeitung von Satzungen mitgearbeitet und war auch in seinen Berufsjahren in Arbeitskreisen der Verbände und der IHK in Gremien involviert, die sich mit der Gründung von Vereinen befassten, die den Zweck hatten, die Einzelnen, die sich einbrachten, aus der persönlichen Verantwortung zu nehmen. Er brauchte daher nur einige Ordner aus seinem privaten Archiv im Keller zu holen, ein paar Abschnitte zu modifizieren und hatte auch schon eine wasserdichte Satzung für einen veritablen Bürgerverein.

Als man sich zum nächsten Treffen zusammenfand, waren wieder drei Neue dazugekommen, und man saß allmählich recht kuschelig eng bei Brigitte und Werner. Man brauchte also mehr Platz; am besten ein richtiges Vereinslokal.

Nach einigem Suchen stießen sie im alten Stadtteil, an den sich Ludwigsforst anschloss, auf eine Wirtschaft, die noch ein relativ großes Nebenzimmer hatte. Sie machten es sehr zur Freude des Wirte-Ehepaars, deren Gaststätte so vor sich hindümpelte, zu ihrem Vereinslokal. Nachdem auf diese Weise schließlich alles Administrative eine Lösung gefunden hatte, störten sich nicht nur Brigitte und Werner, sondern auch die Mehrheit ihrer Mitstreiter am Namen des Vereins. 'AMV' war nichtssagend und wenn man die Abkürzung auflöste, gelang mit der ersten Silbe 'anti' keine positive Assoziaton. Einer der Anwesenden meinte:
„Die brauchen wir aber unbedingt, wenn unser Impuls in die Zukunft hinein tragen soll."
Aus der Wortwahl und der Art zu sprechen schloss Werner, dass der Mann anthroposophisch unterwegs war.
„Da bekommen wir ja einflussreiche Unterstützer", sagte er abends zu Brigitte."Man versteht deren geschraubte Sprache zwar nicht immer, aber sie kommen wenigstens mit ehrlichen Absichten."

Werner, der nach wie vor die Versammlungsleitung an sich riss - „dann kann wenigstens nichts schiefgehen" - meinte er selbstbewusst, schlug ein brain-storming vor, das Lyddie und Bärbel moderieren sollten. Am Ende der Versammlung hatte der Verein den Namen 'Weitblick und Augenmaß e. V.' und Werner wurde beauftragt den Eintrag ins Vereinsregister zu veranlassen. Dazu brauchte man einen Vereinsvorstand bestehend aus zwei Vorsitzenden, Schatzmeister, Schriftführer und Beisitzern. Werner schlug Lyddie und Bärbel für den Vorsitz vor, Brigitte als Schriftführerin, und zum Schatzmeister einen jungen Kaufmann, der an diesem Abend zum ersten Mal teilnahm, aber einen deutlich kompetenten und motivierten Eindruck machte. Werner selbst hielt sich zurück und wurde Beisitzer im Vorstand, in der Absicht jeweils die richtigen Kontakte zu knüpfen, wenn es darum ging die Vorstellungen des Vereins durchzusetzen.

Mit dem Beschluss, jetzt alles zu tun, um die Müllverbrennungsanlage an dem vorgesehenen Ort zu verhindern und Stadtrat und Verwaltung dazu zu bringen sie an einem anderen Standort zu bauen, endete diese lange Sitzung friedlich und in einer fröhlichen Aufbruchstimmung, die allerdings etwas getrübt wurde durch ein heftiges Sommergewitter, das sich endlich entlud, nachdem es in den letzten Tagen bis zur

Unerträglichkeit immer schwüler geworden war.

„Das schafft endlich reine Luft," fand Werner, dessen Stimmung sich im Gegensatz zu den meisten anderen deutlich hob. "Das hätten wir in unserem Leben auch schon manchmal brauchen können, so einen Wetterwechsel --- dann wäre so manches anders verlaufen."
„Ach Werner lass es gut sein. Wir haben doch die Kurve noch gekriegt." Brigitte legte ihre Arme um seinen Hals und küsste ihn lange und leidenschaftlich, als wären sie ganz frisch verliebt.

Alle Mitglieder des Vereins sorgten auf ihre Weise und vor allem mit Mund zu Mund Propaganda für ein schnelles Wachstum des Vereins, so dass das Nebenzimmer fast schon zu klein wurde für ihre Treffen. Für eine größere Versammlung brauchte man schon mehr Platz.

„Lasst uns jetzt richtig machen," forderten Lyddie und Bärbel:
„Wir laden zur großen Protestversammlung in die Stadthalle ein. Wenn wir die voll kriegen, bleibt das bestimmt nicht ohne Einfluss auf das Denken der Stadtspitze."
Weil so eine Sache und die Werbung dafür aber Geld kostet wurde Werner beauftragt, Sponsoren zu suchen. Er setzte dabei auf seine

Möglichkeiten, bei den Industrieunternehmen anzuklopfen, weil er deren Leitungsebenen teilweise schon persönlich kennen gelernt hatte.

Gleich bei seiner ersten Kontaktaufnahme landete er einen Volltreffer. Die Firma stellte mit über tausend Beschäftigten Präzisions-Messgeräte her. In ihren Werkhallen brauchten sie eine weitgehend staubfreie Atmosphäre. Werner fand noch zwei andere, wenn auch etwas kleinere Unternehmen, die aber zu den größten Gewerbesteuerzahlern der Stadt gehörten und das gleiche Problem hatten. Die überzeugte er anhand der Gutachten von Lyddie und Bärbel, die sich jetzt auch mit der Staubbelastung auseinandergesetzt hatten, von der Bedeutung des Widerstands gegen diese Pläne. In allen drei Unternehmen hatte man zwar von der Müllverbrennung gehört, sie aber nicht mit dem eigenen Schicksal in Verbindung gebracht. Werner brachte sie ohne große Anstrengungen, allein mit der Überzeugungskraft seiner rhetorischen Fähigkeiten dazu, beim Verein 'Weitblick und Augenmaß' mitzumachen. Nachdem es gelungen war, noch weitere Unternehmen zu gewinnen, sahen sie völlig neue Perspektiven für den Verein. Als nächste 'Großtat' nahm die Versammlung in der Stadthalle Gestalt an. Ein Tischlereibetrieb bot sich an, Infostände zu liefern, eine Druckerei wollte preisgünstig Plakate drucken und Brigitte sorgte für die notwendige PR-Arbeit. Allein der Oberbürgermeister, seine Verwaltung und die großen Ratsfraktionen glaubten die geplante Veranstaltung ignorieren zu können. Das sollte sich rächen, denn sie Stadthalle drohte aus allen Nähten zu platzen, als es soweit war. Brigitte hatte alles daran gesetzt, um auch noch die kleinste Zeitung, den letzten Betrieb und alle Haushalte zu informieren. Die für die regionale Berichterstattung zuständigen Rundfunk-und Fernsehabteilungen waren genauso vor Ort wie einige überregional berichtende Magazine. Überall war die Berichterstattung mit negativen Kommentaren zum Verhalten von Rat und Verwaltung verbunden. Die standen auf einmal durchweg unter einem extremen Rechtfertigungsdruck, so dass durch deren Erklärungen das Thema in allen Medien noch einmal vertreten war. Dazu kam eine Flut von Leserbriefen, die das Echo noch verstärkten. Allmählich realisierten auch die Verschlafensten im Rathaus, dass da eine Welle rollte, die sie bei der in einem Jahr stattfindenden Kommunalwahl in den Abgrund reißen könnte.

Es setzte eine hektische Betriebsamkeit ein. Außerordentliche Mitgliederversammlungen wurden einberufen, Eilanträge gestellt, Pressekonferenzen abgehalten, zu Symposien mit Fachleuten eingeladen, Wissenschaftler gehört

--- es half alles nichts, die Umfragen zeigten immer noch schlechte Ergebnisse für die Etablierten.

Schließlich versuchten der OB und die Mehrheitsfraktionen die Reißleine zu ziehen. Sie beantragten eine Sondersitzung und brachten einen gemeinsamen Antrag ein, der in einer nur wenig geänderten Wortwahl das forderte, was auf den Flugblättern, Plakaten und Pamphleten von 'Weitblick und Augenmaß' schon seit Wochen zu lesen war:

-Bau der Müllverbrennungsanlage auf einer Brache, die auf dem Gelände einer nach dem Krieg entstandenen wilden Müllkippe nach deren Räumung entstanden und eigentlich für Wohnbebauung vorgesehen war;

-Wohnbebauung auf dem für die Müllverbrennung vorgesehenen Gelände;

- Erschließung eines Gewerbegebietes in Richtung der Nachbargemeinde.

Der Antrag wurde ohne Gegenstimme angenommen. Schon am gleichen Abend konnten sich vor allem Werner, Lyddie und Bärbel vor Interview-Anfragen fast nicht retten. Manche Interviewer kamen auch unangemeldet direkt ins Haus, aber die drei genossen ihre Prominenz und standen den Fragern gern Rede und Antwort.

Zwei Tage später erreichte Werner und Brigitte abends, als es schon dunkel wurde an einem wieder einmal schwül-heißen Tag ein seltsamer Anruf. Ein Anwalt, der sagte, er sei Berater einer demokratischen Partei wollte mit Werner einen Termin vereinbaren, um einen für beide Seiten interessanten Vorschlag zu unterbreiten. Er schlug vor, sich in seiner Kanzlei zu treffen. Werner fand den mysteriösen Anruf einerseits merkwürdig interessant, andererseits war aber auch sein Misstrauen geweckt, denn so hatte ihn noch nie jemand angesprochen.

„Sagen sie mir ihre Nummer und mit wem ich das Vergnügen habe, ich rufe zurück."

„Mein Anruf ist vertraulich, sagen sie mir lieber, wann ich sie wieder erreichen kann, ich komme dann noch einmal durch."

„Okay rufen Sie mich in zwei Stunden noch einmal an, aber, was sie auch immer von mir wollen, auf jeden Fall müssen sie sich zu mir bequemen."

„In Ordnung, ich melde mich in zwei Stunden."

Werner erzählte Brigitte, die zugehört hatte, was der Anrufer wollte und weckte damit auch ihr Misstrauen. Sie rätselten noch eine Weile herum, wer das gewesen sein konnte, bekamen aber keine Idee. Sie blätterten die Post der letzten Tage durch, ob sich vielleicht dort ein Hinweis finden ließe. Aber auch das war vergebliche Liebesmüh'. In diesem Moment brach das Gewitter los mit einem mehr als taghellen Blitz, in den sich fast gleichzeitig ein explosionsartiger Donner mischte.

„Dort draußen löst sich die Spannung", sagte Werner in den Lärm hinein. „Wir müssen noch etwas warten."

Er hatte das Telefon an seiner langen Schnur aus dem Flur ins Wohnzimmer hereingeholt, neben sich auf die Couch gestellt und erwartete dessen Läuten. Statt dessen klingelte es pünktlich nach Ablauf der zwei Stunden an der Haustür. Draußen stand völlig durchnässt Rechtsanwalt Wolf, den Werner von den IHK-Versammlungen her kannte mit einem zweiten Herrn, jetzt durch das kleine Vordach nur mangelhaft geschützt.

„Guten Abend Herr Wielandt, vielen Dank, dass sie uns zu so später Stunde noch empfangen, wir hoffen, sie nicht allzu sehr zu stören, aber die Sache, die wir ihnen vorzutragen haben, duldet keinen Aufschub."

Werner sagte:

„Um Himmels Willen kommen sie erst einmal ins Trockene."

Brigitte holte zwei Handtücher und Werner eine Flasche Cognac und Gläser. Nachdem sich die beiden etwas abgetrocknet, die Jacketts abgelegt und die nassen Schuhe ausgezogen hatten, sanken sie in die Sessel, jeder mit einem gut eingeschenkten Glas Cognac in der Hand.

„Meine Herrn, sie sehen mich ratlos. Was kann ich für sie tun? Was duldet keinen Aufschub?"

Wolf leerte sein Glas:

„Das ist mein Assistent Rolf Hartmann. Er hat sie heute Abend angerufen. Wir kommen im Auftrag der unabhängigen Wählergemeinschaft von Kromstadt. Und weil die Sache keinen Aufschub duldet komme ich gleich zu ihr, also der Sache." Werner schmunzelte wegen des Wortspiels:

„Ihren Humor scheint der Regen ja nicht weggespült zu haben."

„Also die Sache ist die: Kromstadt wählt in wenigen Wochen einen Oberbürgermeister. Der bisherige hat die Altersgrenze erreicht und darf nicht mehr kandidieren. Die Unabhängigen hatten einen aussichtsreichen Nachfolger gekürt. Der starb nun völlig überraschend letzte Nacht an einem Herzinfarkt. Die Nachmeldefrist für einen Ersatzkandidaten endet morgen um vierundzwanzig Uhr. Wir haben sie, Herr Wielandt, die letzten Wochen genau beobachtet und gesehen, was sie auf die Beine gestellt haben. Das war eine reife Leistung und verdient allen Respekt."

Werner wollte etwas einwenden, aber Wolf

263

machte eine wegwischende Handbewegung.

„Widerstand ist zwecklos. Lyddie ist meine Cousine.

Wir fragen sie jetzt und bitten sie um uneingeschränktes Stillschweigen für den Fall, dass sie ablehnen:

Können sie sich vorstellen in Kromstadt für das Amt des Oberbürgermeisters zu kandidieren?"

Werner holte tief Luft und blieb erst einmal stumm, während sich draußen das Donnergrollen entfernte. Er schaute Brigitte an und sagte:

"Eigentlich bräuchte ich jetzt einige Tage Bedenkzeit, nach Lage der Dinge bleiben aber maximal zwölf Stunden."

Er holte eine Flasche Rotwein und schenkte seinen beiden Gästen, Brigitte und sich selbst ein. Dann bat er Wolf und seinen Adlatus, ihn und Brigitte eine Weile zu entschuldigen und ging mit ihr nach oben, wo sie ungestört miteinander reden wollten. Aber da hatten sie die Rechnung ohne ihre Kinder gemacht, die unbedingt auch wissen wollten, was da vorging. Sie nahmen sie mit in das kleine Balkonzimmer, schilderten ihnen kurz die Situation und fragten:

„Was sollen wir tun?"

Zunächst herrschte ratlose Sprachlosigkeit, dann stand Lisa auf, stellte sich ihrem Vater gegenüber auf und sagte in klarem Befehlston:

„Werner --- das machst du!"

Alle fünf brachen in helles Gelächter aus.
Werner stand ebenfalls auf und sagte:
„Aye, Aye M'lady as soon as we can."
Dann gingen sie gemeinsam wieder hinunter, wo
Wolf & Co. zwar das Lachen gehört hatten, aber
nicht wussten, was es zu bedeuten hatte. Sie
wunderten sich, als die ganze Familie vor sie
hintrat, aber als Werner sagte:
„In Ordnung, wir machen das,"
war ihnen klar, dass Werner die Unterstützung
seiner Familie hatte, was die beiden
Abgesandten mit großer Freude zur Kenntnis
nahmen.
Wolf gab Werner die Hand:
„Vielen Dank Herr Wielandt, wir brauchen sie
gleich morgen früh in meiner Kanzlei, damit wir
die Formalitäten erledigen können. Wir haben
jetzt allerdings noch nicht darüber gesprochen:
Können sie sich vorstellen, die vierzig Kilometer
nach Kromstadt umzuziehen, wenn sie gewählt
werden?"
Werner schaute Brigitte und seine Kinder an.
Sie nickten einer nach dem anderen und Werner
sagte: „Wenn's dem Weiterkommen der
Menschheit dient..."
Sie verabredeten, dass die Bekanntgabe der
Kandidatur durch die Wählergemeinschaft in
Kromstadt erfolgen, die weitere Presse- und PR-
Arbeit aber von ihm und vor allem von Brigitte
gesteuert werden sollte.

265

Als die zwei Gesandten nach Hause gingen hatte es aufgehört zu regnen die Luft war sauber und gerade verzogen sich letzte Nebelschlieren. Sie hatten ihr Auto lediglich gute vierzig Meter von Werners Haus entfernt geparkt, aber diese kurze Strecke. hatte bei Ihrem Kommen gereicht sie aussehen zu lassen, als hätten sie in voller Montur geduscht. Er habe nur deshalb 'ja' gesagt, gab Werner später zum Besten, damit er sie nicht im Regen stehen ließ.

Am übernächsten Tag berichtete die Kromstadter Zeitung, die eigentlich nur aus vier Seiten Lokalteil bestand - außer montags, da waren es sechs Seiten wegen der Sportberichterstattung - und die ihren Mantel von einer großen überregionalen Zeitung bezog, über Werners Kandidatur. Im Mittelpunkt stand dabei der Hinweis auf die erfolgreiche Arbeit der Bürgerinitiative im Rahmen des Baus der Müllverbrennungsanlage, so dass auch die Kromtädter sofort etwas mit dem Namen Werner Wielandt anfangen konnten. Da Werners Bekanntgabe der Kandidatur mit dem Bewerbungsschluss zusammenfiel, wurde gleichzeitig die gesamte Bewerberliste veröffentlicht. Als Werner und Brigitte sie durch-gingen, stellten sie fest, dass den im Bundes- und Landtag vertretenen Parteien nichts anderes einfiel, als entweder treue Parteisoldaten zu nominieren, die immer einsprangen, wenn sich kein Kandidat finden ließ oder junge Leute, die sich durch so eine Kandidatur für höhere Aufgaben in ihrer Partei empfehlen wollten, ohne sich ernsthaft vorstellen zu können tatsächlich für das Amt eines Oberbürgermeisters geeignet zu sein. Hinzu kam, dass keiner am Ort wohnte. Deshalb mietete Werner so schnell wie möglich eine kleine Wohnung in Kromstadt, so dass er alle Wahlwerbung und die sonstige relevante Korrespondenz über diese Adresse laufen lassen konnte und in der Öffentlichkeit schon bald als Kromstadter galt.

Es gab eine Reihe von Podiumsdiskussionen, die von verschiedensten Gruppen, Vereinen, Verbänden, Kirchengemeinden und so weiter veranstaltet wurden. Während die Bewerber aus den Parteien sich meist ihre Parteiprogramme und Parteitagsbeschlüsse von anno tobak um die Ohren schlugen, blieb Werner immer bei der Sache, war nie einfach gegen etwas, sondern machte positive Gegenvorschläge, auch wenn er oft genug seine cholerischen Anfälle bis fast zum Platzen unterdrücken musste. Als besonders wirksam waren seine Touren durch Kneipen und Gasthäuser, bei denen er sich einfach mit zwei oder drei Unterstützern aus der

Wählergemeinschaft in die Wirtshäuser begab, sich an die Stammtische setzte und mit den Leuten dort das Gespräch suchte. In der Stadt mit ihren vierundzwanzigtausend Einwohnern war er bald bekannt wie der berühmte bunte Hund. Dazu nahm er mit Brigitte an allen gesellschaftlichen Ereignissen teil, egal ob es der Gärtnerball, das Gästeschießen der Schützen-bruderschaft oder das Jubiläum eines Gesangvereins war. Er war in den wenigen Wochen des Wahlkampfs mehr präsent, als der amtierende Oberbürgermeister in seiner ganzen Amtszeit. Dazu kam Brigittes professionelle Presse- und PR-Arbeit, die dafür sorgte, dass immer wieder auch Bilder von Werner erschienen und auch einige Male das Regionalfernsehen über ihn berichtete.

Der Wahltag rückte näher und die Parteien merkten allmählich, dass sie ins Hintertreffen geraten waren. Daher wurden in den letzten vier Wochen vor der Wahl von ihnen noch Versuche unternommen, ihn mit allen Mitteln persönlich zu diffamieren, so dass etwas Ähnliches entstehen sollte, wie eine Schlammschlacht.

Da wurden Berichte von Leuten herangezogen, die Werner in einem seiner Engagements schon vor Jahren ungerechtfertigt entlassen haben sollte, ein Betriebsrat erzählte, er habe sich nicht an die Tarife gehalten, ein Handwerker beschwerte sich, dass er so hart verhandelt habe, dass am Ende einen Preisnachlass gewähren musste und so weiter, und so weiter...

Doch Werner ging nicht darauf ein und als ihn ein Fernsehreporter fragte, was er zu all diesem Schmutz zu sagen hätte, sagte er nur:
„Nicht mal ignorieren, nicht mal ignorieren."
Die Presse schloss aus seiner Gelassenheit, dass an all den Erzählungen nichts dran sein könne und so gereichte ihm diese Kampagne nur zum Vorteil.

Am Abend des Wahltags versammelten sich die Gemeinderäte, die Vertreter der örtlichen Parteien und was es alles an lokaler Prominenz gab, im Rathaus. Während im Ratssaal öffentlich ausgezählt wurde.

Zunächst wurde festgestellt, die Stadt sei groß genug, dass ihr Oberhaupt den Titel 'Oberbürgermeister' führen dürfe. Dann wurde offiziell bekanntgegeben, was inzwischen schon durchgedrungen war und was die Parteienvertreter veranlasst hatte, schon vor der Verkündung der offiziellen Ergebnisse beleidigt das Rathaus zu verlassen:
Werner hatte mit absoluter Mehrheit direkt im ersten Wahlgang gewonnen.

Es dauerte eine Nacht und einen Tag bis Werner realisierte, was eigentlich geschehen war. Sein Leben war dabei, sich völlig umzukrempeln, alles stand Kopf. Solange noch der Wahlkampf lief, war ihm alles eher wie ein Spiel vorgekommen, aber jetzt hatte ihn das richtige Leben eingeholt. Den ganzen Tag über stand das Telefon nicht still, weil dauernd irgendwelche sogenannten Berater ihre Hilfe anboten. Er bedauerte in diesen Momenten, dass er keiner Partei angehörte, die mit ihrem organisatorischen Apparat ihn hätte entlasten können. Wenn er erst einmal sein Amt antreten würde, hätte er von dort genügend Unterstützung. Bis dahin war er aber auf ehrenamtliche Helfer angewiesen. Lyddie und Bärbel schätzte er als zwei Frauen ein, denen er vertrauen konnte und die etwas zu bewegen im Stande waren. Auch Rechtsanwalt Wolf schien ihm ein guter Mann zu sein. Die anderen aus der Wählergemeinschaft kannte er noch nicht genügend, um sie richtig einschätzen zu können.

Eines Abends rief Diana an und fragte offen und direkt, ob er noch eine Sekretärin brauchen könne. Brigitte hatte den Anruf angenommen, zögerte kurz und sagte Werner sei nicht da, er werde zurückrufen, obwohl er daneben stand und den Hörer nur hätte übernehmen müssen. „Was soll das?" fragte er erstaunt Brigitte. Die war jetzt ganz verlegen und stand da wie ein kleines Schulmädchen, das dem Lehrer gestehen muss, dass es seine Hausaufgaben nicht gemacht hat.

„Die läuft dir ja nach wie ein kleines Hündchen seinem Herrn. Was ist da los, ist sie verliebt in dich? Oder du in sie? Läuft da was?"

Werner schüttelte ungläubig den Kopf:

„Mein liebes Mädchen, es ehrt mich ja fast, dass du mir so ein junges Ding zutraust, aber denk dran es könnte meine Tochter sein. Dass bei dir so etwas wie Eifersucht aufkommt, macht mich stolz, denn das zeigt mir, dass du mich liebst. Aber hältst du mich wirklich für einen Kinderficker? Brigitte, ich bitte dich..."

Als Werner verstummte, schämte sie sich wegen ihrer schrägen Gedanken, denn sie sah ein, dass Werner nicht so offen mit dem Mädchen umgegangen wäre, wenn da, wie sie sagte, 'etwas gelaufen' wäre. Jedenfalls sagte Werner Diana zu und bat sie so schnell wie möglich in sein Team zur Vorbereitung seiner ersten Amtszeit zu kommen.

Dann waren da noch die vielen anderen, die aus dem off auftauchten und erzählten, sie hätten ja schon immer die Wählergemeinschaft gewählt, um sich im nächsten Satz für ein Pöstchen oder einen Posten zu empfehlen.

Er ließ sich da grundsätzlich auf keine Gespräche ein, sondern wiegelte alles ab, was auf diese Weise an ihn herangetragen wurde. Kurios waren vor allem die Vertreter der Parteien. Sie hatten ihn noch wenige Tage zuvor mit bösartigsten Angriffen überzogen und schickten jetzt ihre Emissäre, die ihm die Mitgliedschaft bei ihnen anboten. Werner amüsierten diese Auftritte höchstens, ernsthaft erwogen, ihnen zu folgen hat er bei keinem der Angebote.

Am Wochenende fuhr er mit Brigitte und den Kindern in Brigittes Haus nach Seeland. Dort angekommen sagte er zu ihnen:
„Es ist gut, wenn hier unser gemeinsamer Stallgeruch einzieht. Ich glaube wir werden so ein Refugium brauchen können, denn uns stehen spannende Zeiten bevor."